山河壮阔

王晓波 著

暨南大学出版社
JINAN UNIVERSITY PRESS

中国·广州

图书在版编目（CIP）数据

山河壮阔/王晓波著. —广州：暨南大学出版社，2020. 12
ISBN 978 - 7 - 5668 - 2904 - 7

Ⅰ. ①山… Ⅱ. ①王… Ⅲ. ①诗集—中国—当代 Ⅳ. ①I227

中国版本图书馆 CIP 数据核字（2020）第 083614 号

山河壮阔
SHANHE ZHUANGKUO

著　者：王晓波

出 版 人：张晋升
策划编辑：杜小陆
责任编辑：王莎莎　黄志波
责任校对：刘舜怡　林　琼
责任印制：汤慧君　周一丹

出版发行：暨南大学出版社（510630）
电　　话：总编室（8620）85221601
　　　　　营销部（8620）85225284　85228291　85228292　85226712
传　　真：（8620）85221583（办公室）　85223774（营销部）
网　　址：http://www.jnupress.com
排　　版：广州良弓广告有限公司
印　　刷：佛山市浩文彩色印刷有限公司
开　　本：787mm×960mm　1/16
印　　张：18.75
字　　数：260 千
版　　次：2020 年 12 月第 1 版
印　　次：2020 年 12 月第 1 次
定　　价：69.80 元

（暨大版图书如有印装质量问题，请与出版社总编室联系调换）

内容提要

　　《山河壮阔》诗集收录了广东诗人王晓波近年来在中国、美国、菲律宾等国家发表的诗歌精品 100 首，以及最新创作未公开发表的诗歌 80 首。在这些诗歌作品中，展现了蔚蓝苍穹下的小草野花，料峭的早春，蛙鸣蝉唱的夏，稻穗飘香的秋……在他纯朴素淡而生动的笔触下，亲情与友情犹如泥土上弥漫的芳香。王晓波在生活的热土中播撒美的种子，使之成长为诗美之花，从而让平凡的生命闪耀出别样的光辉。爱是王晓波创造诗美的驱动力量。正是由于他的心中充满对亲人、对故乡、对自然、对人类博大的爱，他才能勃发出不竭的诗情，创造出不同形态、不同格局、不同风格的诗美。

　　王晓波坚持在现代诗学上进行艺术探索，他的诗歌坚持自己独特的文学观念和写作主张。王晓波在属于他的场景和形象中用文字浇筑成了一个纪念碑——生命个体的时间纪念碑。也许它不高大，但是足够坚固，足够容纳一个人时间和记忆的全部。

　　阅读王晓波的抒情诗歌，净化自己的内心，审视自己的内心，感悟和收获生活的恬淡幸福。

推荐语

王晓波的诗常把我带回到童年的故乡——料峭的早春，蔚蓝苍穹下的小草野花，蛙鸣蝉唱的夏，稻穗飘香的秋……在他纯朴素淡而生动的笔触下，亲情与友情犹如泥土上弥漫的芳香，温暖了离乡背井的游子的心。不像当下许多只会玩文字游戏却不食人间烟火的作品，他的许多诗都拖着长长短短、浓浓淡淡的时代与社会的影子。在他的一首题为"一条咳嗽的鱼"的诗里，他让读者赤裸裸地面对遭到人类破坏及污染的大自然，希望能因此引起人类的省思与悔悟。我常说"一个有创意的诗人，必能从日常生活中提炼出人人能懂，却也能使每个人都有所获、有所感的时代语言"。很高兴看到我的这个诗观在王晓波的诗里得到了很好的实践与印证。

——非马（著名国际华语诗人、美国威斯康星大学核工博士）

写好诗会使平凡的日子变得精彩，写好诗会让我们虽身处世俗生活而心灵变得高贵而自信，写好诗更能让我们成为美的发现者和创造者，读王晓波的诗作再次让我增加了对诗歌的热爱和信心！

——叶延滨（著名诗人、中国作家协会诗歌委员会主任、《诗刊》杂志原主编）

爱是王晓波创造诗美的驱动力量。正是由于他的心中充满对亲人、对故乡、对自然、对人类博大的爱，他才能勃发出不竭的诗情，创造出不同形态、不同格局、不同风格的诗美。

——吴思敬（著名诗歌理论家，首都师范大学文学院教授、博士生导师，中国当代文学研究会副会长，中国诗歌学会副会长，《诗探索》杂志主编）

王晓波立足于个人的生活体验与情感经验，用诗歌诠释了他与生活的关系，与生存环境的关系。他用质朴、真率、简洁的语言，合理的抒情，彰显审美立场和趣味。他的诗，有个性，也有很强的张力。

——商震（著名编辑家、诗人，《诗刊》杂志原常务副主编，作家出版社原副总编辑）

王晓波的诗歌以"深情"著，其诗歌的精彩篇什，乃是才露尖尖角的小荷所擎的一颗浑圆露珠，是以被拟物化、拟人化的意象浸泡的醇酒，是回甘绵延不绝的上好橄榄。

——刘荒田（著名散文家、诗人，美国华文文艺界协会第四届会长）

王晓波在属于他的场景和形象中用文字浇筑成了一个纪念碑——生命个体的时间纪念碑。也许它不高大，但是足够坚固，足够容纳一个人时间和记忆的全部。这就足够了！这就是日常神，这就是精神生活的彼岸。而诗歌就是其间的摆渡者！

——霍俊明（著名诗评家、诗人，文学博士后，《诗刊》杂志副主编，鲁迅文学奖评委）

王晓波的诗歌深受中国古典诗歌美学的滋养，他善于在意境的营造中抒发个人的情思。在其一系列诗歌中，都能读到一个迂回徘徊的抒情主体，他一切景语皆情语，一切情语皆私语。这使得王晓波的诗作自成一体，在修辞、节奏和情绪中，构成了有其个人气息盘旋的诗歌世界。

——杨庆祥（著名文艺评论家、诗人，文学博士，中国人民大学文学院副院长、教授、博士生导师，茅盾文学奖评委）

王晓波的诗歌是较有特色的，而这种特色与他一直坚守的新古典美学理想和持之以恒的艺术实践关系甚密……在王晓波的诗里，那些散发着古典韵味和精神气质的意象可谓俯拾即是，极为丰沛，它们在诗歌文本中的不断现身，增强了诗作的古雅气质，给人一种古意氤氲的阅读感受。

——张德明（著名诗评家、诗人，文学博士后，岭南师范学院文学与传媒学院副院长、教授，南方诗歌研究中心主任，全国中文核心期刊评审专家）

王晓波对古典语言的淘洗与把握让我看到现代新诗与传统之间的有效勾连与充满生机的承续，他擅长对古语进行妥帖的变形、对古典诗境进行创造性的化用与创新，以柔和的方式在现代文学的借鉴与综合中融入古典元素，缔造了古意盎然又洋溢着现代情感的别具一格的抒情诗歌。

——杨汤琛（著名诗评家，文学博士，广东外语外贸大学中文学院教授、硕士生导师）

contents

目　录

千山万水的路途

把月亮掰开　你就跳了出来
拉起手　我们就构成整个天宇
有阔的海　横的陆　高的天空
还有遍山满岭的梅花

绽　放

我要将渔期提前到来
我要将洋流回暖
我要将丰收在望的喜讯
告知那渴望赶海的渔民

洋流，已经回暖
冰封的海平面生机勃勃
鱼讯、渔歌还有赶海吆喝的号子
瞬间传遍渔村的每个角落

渔民僵硬的面容
在微拂的海风里逐一绽放

2020 年 1 月 6 日定稿

江 南

江南，多荷多莲

荷叶田田倚天碧

总是错把每朵红莲

看成伊羞红的笑脸

又把随风的那朵白莲

看成伊盈盈的背影

多蜻蜓、多蝴蝶

又多燕子的江南

再仔细也分不清

哪一只是伊

好想，问一问

那飘逸的风筝

伊却缠着那根绳线不放手

2017 年 7 月 26 日

此时寂静

万物之灵裸露在外的善良
笨拙、难看、微不足道
不善言辞，不习惯寒暄

鹰隼不闻千仞远，俯瞰着
篝火东倒西歪，高原空旷无比
松针落地，雪斜吹向河床

愈是寒冷，愈是孤独
此时风开始消退冰雪的凛冽
泥土里，一点点地伸展嫩绿

神的气息，在黑暗中
闪烁、舞蹈、奔流
夜深深几许，谁正记录此时寂静

2020 年 1 月 8 日定稿

半湖月色

凤凰花数度红了窗外
蝉声，缓缓踱过青葱岁月
有月光翻书
有音符在蓝天飘荡
花鸟作赋，草木入文
你我的汗水浇灌成春绿
从晨光读到月色
半江瑟瑟半江琅琅书声
谁的笑语在夜半梦里荡漾
以为这就是爱情，一回头
半湖月色朦胧，捞不起的月亮
往日的诗稿现长出青苔
经年累月，聚话同窗往事
最难忘凤凰树下的斑斓绿荫
每天午后，你匆匆而过的身影
仰起头，同饮梅子青菊花黄
窗外流水潺潺
谁又把心事翻译成青绿
望远山近水，此时蝉唱
逐次又把山光和夜色点燃

2020 年 1 月 19 日定稿

一　月

日历掀开了新的一页
我听到高铁在呼啸
看到归程　已写在面颊

一月是崭新的美丽
嫣红的紫荆是你在笑
一月是抵达的开始
只要一想到你
我就看到了一月的明媚阳光
看到了一月
梅花桃花菊花接连缤纷
洒脱在阳光下

一月如你笑声
如银铃般撞响了
我

2017 年 1 月

时光背影

银月倾泻，不知名的虫鸣此起彼伏
荷，晨曦里
荡漾着一颗按捺不住的芳心

时间仓促，总是不够
不够时间除草，施肥，裁剪
草木葳蕤，一伸腰桂花已压满枝头

时光背影里，昔日床后屋前
蝈蝈声中那双翅膀扇起瀚风阵阵
骤现，金光缕缕

此刻，湖畔波光粼粼
闪动着柳绿，蛙鸣蝉唱不止不舍
最生动是那一屋子风水顺畅

2019 年 6 月

五 月

草色凝碧，一只蝴蝶飞临
烈日下，木棉果荚破裂
花絮满天飘舞
茫茫飞絮，恰如夏日飞雪
此时蝉唱，喧噪热闹了岭南

推舟。顺水而下
摆渡船上，回眸处
深陷，记忆里的昨天
蹉跎许多不再复返的梦想

暮色苍茫，星空下
隐隐听闻一只蟋蟀，欢快地
和由远而近的一列高铁
错落有致地唱和

2018 年 5 月 25 日黄昏

谁能及这青梅竹马

把月亮掰开　你就跳了出来
拉起手　我们就构成整个天宇
有阔的海　横的陆　高的天空
还有遍山满岭的梅花

你的发梢有七彩的虹
你的面容如百花中含苞的荷
你走过的小道青梅正飘香
此刻　竹竿为马　钻木为火
渔猎　扬穗　生生不息

2015 年 4 月

雕刻的时光

时光对岸　南岭以南睡莲不露痕迹
鲜艳、明媚、枯萎、凋零

在光阴的河岸我捡拾到数根银丝
丢了银发的也许是那呼啸而过的白马
也许是涉河而过的你和我
庆幸的是　我们发现了莲的心事
窥探到时光的秘密

那骑白马的人　就站在澎湃时光的岸上

2020 年 5 月 23 日定稿

六月天

我把一月的天空打扫干净
期待二月
飘落足够的寒冷雨雪
你我的梅　不羡春暖　傲雪而立
待到三月莺歌燕舞
这个季节万象更新　心存感恩
望着雨落大地　雨洒庭院
你虽沉默　笑而不言
转眼却已是人间四月天
清晨黄昏吹着风的软
飞花散似烟
你我牵手走进晴朗五月天
一说到六月
便想到海天广阔　万里相牵
拨开浮云　随缘即安

2020 年 6 月 1 日定稿

余　生

疼痛。因为不透半点光亮
纵是咫尺，也形如天涯

你的笑如雨丝
润物无声地面向着我
张开翅膀

一盏灯，一扇门
有了开启
突然之间有了余生

2020 年 2 月 7 日定稿

沉 香

你喊一句　桃花便开始
飘零　水流湍急
轻舟已远
相见恨太晚
茶香已冷　雨线缥缈
此刻　再喊一句
夕阳已西下
何时重逢赋诗暖香
相聚或许是在天涯

你如沉香袅袅在心海

2020 年 1 月 3 日定稿

平常心

一听到爱情二字
便会想到花的模样
你的神态。仿佛世上
所有的美好就在面前
一只蚂蚁正在辛勤劳作
试图穿越一个冬天的漫长
像蚂蚁，我们依然生活得卑微
却拥有平常、安心、欢乐
在爱里滋养和成长
像两只蚂蚁不亦乐乎
一切变得踏实而美好

2020 年春节定稿

陶　塑

捏一个你
塑一个我
敲碎，混合
铸一个新陶塑
难分难舍，是你与我
撞身取暖，炼狱重生

一千三百度高温劫难
我心有你，你心是我

2020 年 3 月 28 日定稿

山　夜

天色暗淡，已晚
山河昏沉，夜幕遮蔽
"簌簌"四野寒风凛冽
悬崖峭壁，如树立起
一张黑色大被

山沟沟空空荡荡
黑暗吞没了来时的道路
湿冷缓缓而来的夜气
沉重，而使人恐惧
一切温暖的事物都被砸碎
"哪里，可以是藏身之地？"

水流声，时隐时现
一点两点三点四点
闪烁不定，算不清的
萤火虫身影
沿着水声流动，此时
寂静而不寂寞

2019 年 2 月

风 骨

"严禁高空抛物"
磐石，从来不怕抛落物
再硬的下坠物，也会是稀烂如泥
至柔的水滴，却会成为
至刚的一击

滴
水
穿
石

上善若水，能容能大
水，不会漠视你的寒冷
你冷，我便凝固
更不会妨碍你的热情
你热，我便沸腾
水的风骨
微则无声，巨则汹涌

2020 年 4 月 2 日走稿

我叫你梅或者荷

不需要太多　期盼相逢
纵使千里独行跨万水越千山
纵然旅途　千里冰封万里雪飘　盼只盼
遇见一名叫梅或者荷的女子

不需要太多　祈盼相逢
不惧畏独行千里险阻满途
不畏惧万里无路　觅前路
心中有光　定能看见光亮　盼只盼
遇见一名叫梅或者荷的女子

她有梅的不畏苦寒　有荷般高洁清芳

2016 年 1 月 6 日

远 方

什么也不想 抽空遥望一会儿天际
现在让我们打扫庭院
为马羊洗刷 收割嫩草粮食

什么也不想 远近平淡安然
远方蔚蓝 雪峰洁白
路旁小草小花 近处河道清澈见底

什么也不想 待我们把此间整齐
挽手牵着马赶着羊群伴着白云到天边
一路搀扶到远方

什么也不想 出神凝望天际
你在收拾行旅计算远行和归程
此刻神马飞驰 喜羊即将来临

2015 年甲午马年除夕

菩 萨

乡间千年传说，到禅城祖庙祈福
能给五行缺水的人添福消灾

返乡前，母亲诚心去了一趟祖庙
添了香油请了开光佛珠

念珠至今在我手腕，已近十年
穿连念珠的绳子断了数次

每次我将这念珠串起佩戴手腕
总觉自己被一尊菩萨搀扶

2016 年 1 月

相信爱情

在空山新雨后几度怅望
在浔阳秋瑟中几分相送
隔着多少春秋　千百度　遥望
枯禅苦等中
洒落了多少唐风宋雨

佛说缘定前生　几多前尘往事
几回人闲桂花落
千百次凝眸换来今生的擦肩
浮生多变
别问　别再问
今生相遇是缘是劫

几度彩霞满天
几许风雨满途
撑伞默然走来
盼只盼　能与你途中遇见
相信爱情　相信未来
你我能在途中遇见
只盼与你途中遇见

2015 年 9 月 9 日

萤火虫

在茫然的生命河流
每当夜色降临
她们总是提着
一盏小白灯笼

因为寂寞
因为爱情
紧跟落日的脚步
她们提着
一盏盏小白灯笼
寻觅在村野
闪烁在河畔
天空绽放的
闪闪冷光
那是爱的音讯

关掉月亮
关掉灯火
一条静静的河
清澈的波光
缓缓流淌
一只只萤火虫
将自身光明

把生命照亮

相聚无语的萤火虫
如何让　时间
慢下来
一生的欢爱
可能烬在今宵

她们总是提着
一盏小白灯笼
在茫茫的岁月河流
不停寻觅　寻觅

2013 年 2 月 25 日

蔚 蓝

听任海风在身边自由地吹拂
"嘘" 有谁随便的一声
惊醒海鸟和沉思的你
某人修长身躯 堵塞了
这窄而不阔的空间
一些人篱落 想通过
穿插的余地走向大海
"唏" 又是谁的耳语
瞬间将海的平面敲打得
那么辽阔和蔚蓝

2020 年 5 月 1 日定稿

梅花的讯息

铺天盖地的寒　彻骨的冷
还有冰封大地三尺的雪
可你却绽放了　绽放得不畏风霜
送来一段香　逸自你的苦寒

某月某天我凝望你
分明看见一朵梅
在你宇眉间绽放春天的
讯息

2020 年 1 月 2 日定稿

立 春

苍茫大地深处
几个世纪地酣睡　梦里
四处找寻遗失的心
寒冷渐行　渐远

当季节交出最后一个节令
绿色盎然已近
最美的心一定在等
此刻立春
张开双眼　莺飞草长

2020 年 2 月 4 日立春定稿

春 风

春雨生，春风浩荡
木棉一树橙红
岭南，百万亩桃林笑脸绽放

2020 年 3 月 16 日

大雪灾

风暴挟着雪雹狂啸
暴风挟着冰屑怪叫
白皑皑的世界一片惨寂
不见太阳出来打个照面

大雪灾　　大雪灾
你是哪来的画家　　雕刻家
你把天地描绘成一片死白
你把牲畜塑成一具具冰雕
大雪灾　　大雪灾
你是暴君　　你是怪兽
你吞噬了牲畜、村落和原野

在雪雹　　扑面
在冰屑　　割衣
在不见黎明
在不分巳午未的时辰
牧民们点燃了心灯
在远方机械的轰鸣中
在雪原隐约的灯闪中
听　到　了
黎明到来的音讯

2001 年 1 月 19 日

编 织

黄昏，静默的港湾
茫茫纷飞的蜻蜓
预告暴雨即将在夜幕下翻飞
深知大海变奏无幻

滂沱雨天，仿佛一声声叹息
疲惫眼光，像极一个谜
一切仿佛存在于渺茫
见惯风风雨雨，辗转中会有转机

何时身旁不再是孤清，忙于编织
编织一个全新的时间和空间
多么奢侈的热情
漆黑中，星星一再闪现

你独自坐在星辰的中央
暖暖爱意，闪亮于一张张笑脸
梦与梦紧紧相连
此刻，只因我在怀念你

2020 年 6 月 20 日

晚　风

夜已沉默，带走一盏渔火
你从满天繁星中走来

谁在前方不停呼唤，我听见了
水流汹涌着追逐着远方

昨天太短暂，从不敢奢求永远
永远，也许不会很遥远

此时寂静，我们在晚风中相依
时间正在浪花中穿梭

2020 年 6 月 26 日夜深沉

星光背影

午夜醒来听星语
只要自己喜欢，可以一个人
君临天下，做自己的王

星河稠密，仿似人间街市
人心相隔，却似星疏月稀
你看月亮，月亮此刻也在看你

星月相伴，少了许多孤单
星光的另一端，你可以开怀
听星星在歌唱，看月亮在欢笑

在无牵无挂的星海，自由自在飞翔
最为重要的，星光背影里，还可以
夜以继日地想念你

2020 年 7 月 19 日午夜

轨　道

春去春又来
那辆绿皮火车正驶过

那些年每月 8 日
我会跟随大街上
川流不息的霓虹和车流
走进小北路
独一无二的邮电局前台
领取母亲从小城
汇给我的生活费
记忆犹新的小北路
人群视野里
孤零零消逝的邮电局
从不取悦任何人，或者时代
那里是出外求学的
每一个月新的起点
一辆绿皮火车正徐徐驶过……

2020 年 7 月 31 日黄昏

甘苦相依

阳光阴霾交替，总有时候
无端泪涌，幸福莫名
爱是一种生活
一种油然而然的幸福
你体验生存的感受
有着，存在着我的感受
你看待世界的眼睛
跟我是那么相似
几乎接近一致
我爱你
因为你让我感觉到
在这个世界上
还有跟我相似的灵魂
爱你的真正原因
最深层面上共享着生命感
爱你的方式
可是你希望的方式
爱是一种方程式
许多时候生活朴实而恬然
我们披朝霞拥日落，甘苦相依

2020 年元宵节

大　暑

热岛效应
闷热，难耐
市区气温直逼 39 度
高温，蔓延
唯有可能
在诗的里面
纳凉

2019 年大暑

镜 像

飘零千年
失败于人海茫茫的寻觅
失败于难成眷属的无奈
失败于终成眷属的厌倦
失败于有家无爱的婚姻
失败于孑然一人的孤单
爱情真的失败了吗……

2018 年 11 月 25 日定稿

夜读鲁迅

我害怕深夜
孤独无眠的漆黑
黑夜里的心跳声
让人更加战栗

先生的呐喊声
惊醒了
昏睡中的灵魂
夜色迷茫
在没有星月的深夜
我害怕孤独漆黑
旷野
传来的呐喊声
让我不再感到孤独
让我不再害怕漆黑

摸索中
我努力
擦亮手中的火柴
我渴望手中这点烛火
能让我找寻到光明
能让我们不再害怕孤单

后记：在某个无名书报地摊，盗版的《鲁迅全集》，隐现其中，捧起翻阅，感慨良多。是夜，夜半早醒，推窗远眺，朗月当空，悠然想到，过去曾收录在全日制课本的多篇鲁迅作品，如《药》《为了忘却的记念》和《阿Q正传》等，现已悄然"退出"教科书，而繁华街市的书报地摊，却见盗版的《鲁迅全集》。

2010 年 11 月 30 日

一条咳嗽的鱼

如何　做一条
素净的鱼
鲤把目光　希望
停靠在岸

蹦高
跳跃
逃离黏滞的积水
逃离腐臭的河流

跃龙门
鲤如愿　成为
一条在城里
用鳃呼吸的鱼

在行人不见路
城中不见楼的
雾霾里
一条没法
高兴的鱼　终日
咳嗽不止

如何　做回一条

河里的鱼

匆忙中　踏上归程

可别忘了

出门佩戴口罩

2015 年 8 月

荡 漾

蝴蝶翩然在尖尖小荷上
池塘一阵荡漾
没有风，没有水流
分明听见池塘的心跳

颤动了小荷，生动了水面的
盈盈是一种
爱意，荡漾

2017 年 7 月

重阳，王维与我

秋意渐浓
推窗，左手随意拧亮
寒露沾衣的月色
右手拨通微信电话，问家兄
南方以南是否明澄与暧昧依旧
雾霭冉冉升起
十七岁满襟离愁的王维在山东
近半百的我如染黄树叶在中山
思乡的孤独指数
相近与否，无人奉告
坐禅、画荷、茗茶、品乐
王维与我
相隔了 1299 个重阳
相隔了千山万水的路途
相隔了万紫千红的花香
此刻，一只瞌睡的蝴蝶
正扑翅惊飞

2017 年重阳

一盏不熄的灯

总懵懂认为，爱情只是
占据和珍藏心灵一隅的情感
可至此，睁开双眼想的是你
合上双眼遐想的，还是你
爱情是一种牵挂和心疼
她驻足空气水中和字里行间
在思想和目光深处翱翔

终有一天，我们远离尘世
天空漫游的天使
能聆听到，读者朗诵
写给你的那一首首诗歌
百年之后，那些诗句还伴着体温
栖息着一段段无瑕的情感
我们与一首首诗歌相拥在一起
没有哪一种风霜
能够吹熄爱情这一盏灯火

2020 年 1 月 12 日定稿

等待春花或者落英

希望我爱的人终生温暖
希望爱我的人满脸欢愉
时光锋利，我如厚钟撞而
无语。只言妥恬不言殇

如果有海豚喊你

不经意，打开月光宝盒
惊现两条蓝鲸双双跃出海面

惺惺相惜的两只大象，跌跌撞撞
不合时宜闯入了人世的丛林

千帆过尽是你的恬淡
落霞深处，庆幸有你并肩

转身时，如果有海豚喊你
恰到好处，尽情吞咽海天的蔚蓝

2020 年 5 月 5 日晨曦

我愿意

悠悠岁月，所有的风尘仆仆
都是现实的生活
想要攀登高峰
去看日出、星辰、大海
想见证生活磅礴壮阔如理想
那你得储备粮草
得安分守纪排队，购买门票
没有当下的朴实无华
如何能够生存下去
诗歌和远方将会更显空寂
大地辽阔，我们卑微如蚂蚁
从不嫌弃，更愿意
拥抱平凡的草根生活

2020 年 6 月 14 日

谷雨，我唯一的情书

掬一捧春雨
一口饮尽四月天
你是一座
无法攀爬的天梯
青萍点点的湖面
繁华与凋零共存
此间山青水碧
捧一卷诗书
煮一壶春茶
远近春雨连绵
如你的泪痕
怜人心底爱意万千
四季中，你是唯一的情书
最爱你那万紫千红的迷人模样
谷雨，我永记得你所有的模样

2020 年谷雨中午

正午偏后

这个夏天恋上口罩
消失了芳菲
无奈，更是一种传奇

你、我、他和她
始终保持着一米以上的距离
谁也没办法算计出，危机边缘

五月，蝉唱此起彼伏
日子闷热，此刻正午偏后
凭什么，可飘逸得更远

2020 年 5 月 23 日正午偏后

一滴雨水

如果世界像雨水般透亮
如果雨水像世界般温暖

曾经何时，世界给我以痛
我听见了谁的恐惧不安
一滴雨水，如何变得污秽发臭
比这个更寒冷而坚硬无情的风景
另一滴雨水，也背叛出逃
雾霾沙尘暴掩盖而至
沙滩干渴，闷热难耐
鲸鲨无深水可栖
执子之手却无所适从
你我沉默，大地踌躇

2020 年 5 月 30 日雷雨

无问西东

甲午年冬，平静安闲的沙溪
斑驳时光在窗外青翠中流淌
天南地北诗人相聚阮章竞故里中山
叶延滨、杨克、丘树宏、潘红莉与我
五名阮章竞诗歌奖评委，审视着
满桌堆积如小山
开不败的文字花朵
得山川河流万物之灵的汉字
循着语言河流以自由方向
融汇流淌进中山沙溪
白纸。黑字。冬雪。寒梅
替代寒暄的五桂山葱郁溪流
和母语默然相视
天南地北的诗人直抵鸟语花香
不需要经过隆冬腊月的冰雪
叶延滨先生风趣地说
"冬天的广东比黑龙江温暖多了
潘红莉从哈尔滨来到中山
一天时间，由冬天回到了夏天"
悄然流淌的五桂山溪水
寂静里绽放的紫马岭玫瑰园
温暖如春夏的岐江河江风
告知北国的诗人

大雪严寒，从来与岭南中山没有缘分
诗人们欢笑在温暖的话语里
仿佛大江南北的朵朵白云
自由自在地相聚
诗人闲话，无问西东

2019 年 2 月 6 日

沙尘暴

猝不及防
呛人嘴脸的沙尘暴
骇人听闻　铺天盖地
在你未及掩面的一刻
就来了

背转着身
任由落叶抑或
废纸屑恣意玩弄
风中的乱发
沙尘暴挂一丝冷笑
将蹁跹的彩蝶
裹进蚊虫滋生的臭水弄

黄沙踩着狂风
在中关村电脑城滚动
穿透　婆娑的松林
撕碎　燕园的静谧
腾格里沙漠昏黄的浑浊气旋
不可思议地　溶进
水木清华鸟啼蝉鸣的夕照
阿拉善草场的牧羊鞭　已成
戈壁沙漠不可少的饰物

沙尘暴
你是以怎样的姿态
载入新版的现代汉语词典

醒悟啊破坏生态的人们
一朝醒来　别成了
那只在水里挣扎的彩蝶

2000 年 11 月 16 日

弱水三千

渡口
千人　万人
谁渡我三生三世的守候

你不是鲜红嫩绿桃花李花
你是洒落灵魂的
一滴甘露

2020 年 5 月

恋

思念你

冥

　　想

　　　　中

那一声沉重感叹

成了静夜飞逝的流星

遥远的你

可有望见

2020 年 3 月 25 日定稿

涟 漪

一夜不停的雨
说了些什么
晨曦阒静无声
湖边的柳枝
低首无言
风来了
唰唰啾啾
洒我满面
一对翠鸟比翼掠过
惊愕柳浪
无语闻莺
湖面泛起阵阵涟漪

2020 年 4 月定稿

虹

我就是那枚

曾经碧绿

素面朝天的枫

我就是那枚

历经雾霜

渴望彩虹的丹枫

露水打湿的寒夜

初雪沾衣的晨曦

净化成一叶

终于和水相逢的萍

萍水相逢　穿梭

层层叠叠的群山

一溪碧水白波

一涧平平仄仄

追逐眷恋的彩虹

随千尺飞瀑飞溅

穿透阳光碎片

陨落在

璀璨炫目的彩虹

2020 年 2 月 25 日定稿

在大海上漫步

在大海上漫步
那一片汹涌
潮去潮来的声音
如旋转舞台四周
响起的欢呼掌声

在大海上漫步
静默的礁石
隐敛着蔚蓝的缠绵
巨风拍打隐忍的海岸
积蓄着怎样的涛声
我的思绪　千里轰鸣

在大海上漫步
摇摆的皮筏
时低时高的渡口
淡出海平面
百折千回的寻访
在今生前世中
逡巡穿梭
任自己流淌　或者倾泻
我是浪花朵朵

2020 年 5 月 14 日定稿

七 夕

我又把天街的那盏红灯笼点亮
你可要看清去年渡而未过的天河

姐姐，我每时每刻都在为你写诗
你的名字是我最钟爱最心疼的情诗

2016 年 8 月 9 日（七夕）

时间之箭

众叶索索，一朵残荷
相望惊起的一只水鸟
一闪而过的炎夏，秋风
卷走最后几声蝉鸣

2017 年 10 月

冷暖自知

希望我爱的人终生温暖
希望爱我的人满脸欢愉
时光锋利，我如厚钟撞而
无语。只言安怡不言殇

2015 年 10 月 29 日

暖暖的光影里

在茫茫红尘里轮回
空虚和恐惧，随时会
侵蚀和占据人的心
人生需要一盏灯
一灯能灭千年暗
数载同窗情谊
我曾经与你，你曾经与我
在知识的海洋里结伴遨游
点亮了心灯
希望的灯塔
照亮曲折漫长的旅程
在薄情寡义的世界里
在暖暖的光影里，我看见你
温婉的微笑
看见你捧出
一颗丹心

2019 年 3 月

听　雪

又听到雪花簌簌飘落的声音了
漫山遍野天地无垠雪白　当我推开车门
当我触摸着飘雪置身生命里的素色
我曾思量假若雪花有天袅娜在你发梢
这爱情是否比世上最纯洁的花还要纯粹
多年后回望那洋洋洒洒纷飞旷野的大雪
多遗憾你没有和我共同沐浴雪花的快乐
某年某日你远赴　雪国
我却安坐北回归线以南的岭南一隅
遥想多年前大兴安岭雪原的大雪
不知是安恬宁静开心　还是遗憾
你听听　多年前纷飞的大雪
现在还是开出了禅意的雪莲

2015 年 4 月 2 日

爱回来过

再美的鲜花也会凋零

再美的青春也会老去

再美的影剧也会结局

可是爱说

在你累了　在时光停滞

神思空白　无言的时刻

风说

爱跑得比飘浮的叶子快

爱回来过

爱说　你如她一般年轻

爱说　她回来过

爱说　你如信仰一般年轻

在黄昏　在黄叶

倦意飘荡的一刻

在人们感到

生命如白开水

一般　凉时

爱说　她回来过

有缘的人　总会遇见

爱回来过

我想

你定如她一般美好

2006 年 6 月

看游鱼并肩

那里的四周湛蓝
那里的天空高远
那里的海鸟比翼
并肩看游鱼并肩
撑伞看游人举伞
细雨微风中说细语
我家在这里
恬淡安适是小家
喜欢小岛是新鲜感
眷恋小岛是归属感

"喜欢是新鲜感，
相爱是归属感"
不知道这话
是你说的　或许是我
梦里的一句呢喃

2020 年 3 月 26 日定稿

接近幸福

并肩穿过夏季长长的走廊
海天，还像以前一样蓝
秋风轻漾着静美。侧耳倾听
每一朵浪花绽放
每一次云过潮来的细语
云端传来的嘈杂
不知是哪一种海鸟
正大着嗓音歌咏着未来
海语路，人与天海相随
生命一步步接近善美
做一个接近幸福的人
海语路，无法一挥而就

2020 年 1 月 3 日定稿

一杯被奚落的咖啡

庸常时光，光阴的转角处
离热闹远一些
端给你一杯咖啡
一种愉悦，叫静美
岁月静美，在于它必然的流逝
喜欢品尝，品味
名字不好听的咖啡
猫屎咖啡，不取悦动听
被奚落的名字
并不一定是糟糕

蹉跎里，端给你的一种静谧
淡淡秋光正洒在你脸颊

2018 年 5 月

水月亮

那是一个李子
其实本是个桃
极力否认，甚至
反对地认为
桃子是可爱的桃子
可桃子可爱的笑容
就是在心海里
扑通扑通地跳跃
走出大门
雨点竟然在街心
扑通扑通地跳跃
跳起的每滴雨点
都是一颗心
岭南水乡的中山
漫天飞舞着无数的心
雨点竟然比鹅毛大雪
更代表爱恋

岭南的平安夜
不会是白皑皑雪国
天空竟然挂着一个
水月亮

2017 年 4 月

月圆花好

月色皎洁　浩荡无垠
她是一个精灵　用难以分清
落花和流水的真实在周旋
花好月圆是月色朦胧的旋律
周璇却是昔日娱乐圈的精灵
北斗星和北极星遥远不可及
她的心里　爱情正值盛夏
不知应将十月安放哪里
渐行渐远的风　吹不散斜阳
远方纯真　秋色会是多么欢欣
风从不同角度轻拂她的发梢
在这样的时候相遇
她哀怨的少女梦已是遥远
爱着她不曾被别人爱过的部分
不同角度的爱会是别样的美
此刻明月高悬　茉莉芬芳

2020 年 2 月 8 日（元宵）定稿

山门之外

挽弓。窜出来的兔子
第二个路口，颗粒归仓
大海的出口，也是入海口

南普陀寺，山门之外
饥渴无望的数只麻雀
晕头转向，飞入

人头攒动的大雄宝殿，心于至善
"善哉！善哉！"垂涎欲滴
三步之外，神台之上，五谷丰登

2019 年 11 月 14 日于南普陀寺

电脑案件

我在顶先进的联想电脑上
听到了"咔嚓""咔嚓""咔嚓"
三声轻响
荧屏显现灿烂的星闪
眼前已漆黑一片
在未发现"案件"的一刻
奔腾四处理器已被夺命
这事发生在联想电脑上
我产生更多的联想

我知道黑客潜伏门外多时
我知道现代犯罪无处不在
我知道世上有许多无法揭开的黑幕
我知道人心惟危不是危言耸听
我知道……

这一刻
我这个 20 世纪 90 年代法律系
毕业的大学生不知所措
我该向哪一个部门
起诉哪一位

2002 年 10 月

沙　漏
——致诗人洛夫

暮色四起
雨雾，冉冉飘散
一轮皓月落在
粼粼波光的映月湖畔
游鱼摇曳着斑斓
你是随风的
一缕荷香，一闪而没
没法触摸的思绪
万象皆由心生，五蕴皆空
谁人正游向永恒
时间在瓶里，滴溜溜地转

2018 年 1 月

冬春书简
——致诗人刘川

山坡金黄翻滚似涛
十万朵葵花背光而坐
山风低声呼唤，浩瀚
有一种回响，令人
无法抗拒

徒然满怀。日月如梭。谁曾说
冬天阴寒使人哀伤。夏花短暂
如鲤在空中一个打挺
春意从身体中抽取一片阑珊
秋果满襟，欢喜莫名。现在
立春小年已过，正值春节
关外北国大雪纷飞

南岭以南，冬春相连，难舍彼此
地域催促万物，重复着命运
想某时所言冬夏。春秋来信
回复冬春书简
日子困逼，帝皇一般无聊暂钜
惟人尤怨此生此世，悲与喜
拥有诗意，或者失意世界

落笔时分，谁含笑如松如竹
如梅，如世间一切美好
阳光正洒落西厢，明亮，灿烂
可倚春光。谁又说一句
此生，如果不曾相遇相知

2018 年春节初二黄昏

铁观音

——致诗人霍俊明

初春时节，禅茶一味

沏一壶春茶

看沧桑，沸水里舒展，弥散

初泡清淡如童年纯真却朦胧

再泡清醇仿佛少年书声琅琅

三泡清香，四溢是青年志向如海面喷薄红日

茶叶杯中旋转，升降

纯净的茶香，流着纯净的人情

壮年稳健如行云流水

应该说那是四五道茶香，回甘

生津，通七窍，内含波涛

抬头眺望远近，海阔天空

抱团弯腰铁观音

行尽穷巷，两袖清风

正是茶香尾声

合否如暮年光景，苍茫

静谧降临，此时黄昏地平线

人言好酒可做侠客

我说爱茶可为隐士

或相忘于江湖，或济世于庙堂

初春，无尽天涯是碧绿

相邀江南，沏茶去

2018 年 4 月 20 日 （谷雨）

秋日，香山灼灼其华

——致诗人贺绫声、步缘

霜降已过，想此时澳门

灼灼其华荷花

已是莲蓬初傲

珠海诗人步缘微信说

澳门诗人贺绫声将借道珠海

与他步涉一城勒杜鹃烂漫的珠海

到访铁城，与我把盏

论诗，说铁城菊花

高雅耐寒，此花开尽更无花

大湾区中山、珠海和澳门

山水相依，民俗相同

脉络相连，旧称香山

此间无边秋日景色，胜春光

三种花开，独自有一般美好

道不尽的画意诗情

此时香山，多有识花人

每一朵菊花正在丛中露出笑面

2019 年霜降

青花瓷

搁置，久远
窸窸窣窣
投进去
一块块
谁看见涟漪
听到波涛万顷
江陵　千里还
打不开的
一把锁
被捞上岸
一个个偏执狂
扑翅而起
自顾美丽不暇
历史是一件青花瓷
唱吟一遍一遍

2019 年 11 月

惊 愕

寒风里散尽，猛然
卷走一张淳朴的脸
你的温婉笑容、温暖话语
在寒风里缥缈
一堆篝火，能否温暖
逐渐寒冷的身躯
凛冽，寒冷彻骨
暖暖的茶香未冷
自始至终，不敢也不能相信
你的身体此刻比寒风更寒冷

我始终不敢相信
那淳厚的话语
在寒风里渐渐飘散

2018 年 12 月

无尽的爱

杨柳依
落霞飞
断桥相送不忍离

山伯啊
此去别离何日逢
英台心结成恨史
乐韵扬，情丝长
千年爱情
随琴乐翻飞

鼓声擂，声声唤
沉思中抬首
却见那双可怜人
花间化蝶
将凄婉谱成琴韵
聆听中一片嘘唏

2019 年 8 月

红蜻蜓

也许是无法诉说
想不通　解不开的结
也许本应如是
那亭亭的小荷
早在池塘一隅　沁人心肺
那只翩翩飞舞
渴望栖息的红蜻蜓
有幸遇见
即将停落　偶然
自然的瞬间
小荷呀　小荷
只想问一句
你可是
唐诗宋词中　袅袅
飘落的那一朵

2020 年 4 月 3 日定稿

草绿天蓝

走出黑夜走向黎明
我要快步前行，与你并肩
一起走过崎岖
走尽天涯海角荒野路
相互嘘寒问暖，穿越黑暗
我们牵手几许风雨
痛苦也经过，快乐也经过
太阳正升起，晨光铺满前路
鸟鸣在左，也在右
在四周欢欣歌唱
炊烟袅袅，幸福的味道
撒播整个山村
我们牵马赶羊
走进草绿天蓝
走进与我们约会而来的新天地
一起发现爱和幸福

2019 年元旦

面对大海开诗群改稿会
——致张德明教授和湛江诗群诗友

南方有海，海阔天高
并肩港区采风，在栈桥上
吹皱一海平面，我们为诗歌
为雷州半岛作一次充分润色
三三两两游鱼结伴
在你我诗句行间潜望拊掌
闪耀吧，浪花
飞翔吧，海鸟
开怀吧，钟爱一生的诗歌
时间，在这里开始
现在是时候了
让"湛江诗群"诗歌凸显美和力量
我们的诗歌是朝气、是希望
更是一种特立独行
我们所选择的方向
我们看到了新诗的方向

2019 年 9 月

等待春花或者落英

我还会相信
这个世界会存在爱情
当我想到你，便会憧憬未来
便会不再孤独，世界不会
孤单生养了我
她还会生养一个你，让我
也让你，不会感到孤独
一个锅的完满，还得配上
一个合适的盖子
栽花的，还需要有赏花的
阳台上为你新栽种的
茉莉、玫瑰、小海棠和蔓藤
绿荫芬芳是因有水的浇灌
孤单不会来袭。飞翔的小鸟
僻静地在花丛中歌唱
行云流水般的喜悦
写在你嫣红的面颊
我知道，世间万物
在等待春花或者落英
我的幸福朴素而真实

2020 年 1 月 4 日

你是最安静的一朵

你是喧哗荷池中
一朵最最安静的

烦闷时候　念到你
我是如此的静
这纷纭世界
再也没有什么
再找不到如此洁白的莲
你是喧哗中那朵最宁静的莲
莲　就在宇眉间
只要我们再靠近些
便能听到世间所有莲的心事
那么纯洁宁静
一念及你
我便如莲一般祥和

让我　让我轻声为你朗诵
这一首众荷喧哗
你是最安静的一朵

2020 年 5 月 28 日定稿

卷 三

你我在途中遇见

岭南夜空，三千盏明灯
游离西窗，大山深腹
南海之滨，骑着月亮飞行
我们并肩浪迹在天涯

云雀欢唱了一天

为马羊洗刷，收拾庭园
清风徐徐，从遥远的蔚蓝里吹来

近处，云雀欢唱了一天
你说村里传来一串串哼哼唧唧歌儿

我知道，那是一群群己亥小猪
正在开心地给乡亲们拱门

它们憨厚地哼着祝福："诸位安康，
诸事如意，猪年吉祥。"

2019 年己亥春节

元 宵

"六十岁以后，陪你
一起看细水长流……"

曾经何时的对白
猛然的断线
绝尘而去的
会是一匹白马
赶紧张开双手
却没法拥抱
叹！难以团聚的节日

今夕，何夕？
酒醒的河岸
长亭更短亭的元宵

2019 年元宵

都　市

霓虹里
晕眩中
一丈高的可乐
渗着冰凉
十丈高的美女
抛着秀发　妩媚
那气派说
我比你家乡的土屋高
我比你们村口的大树高

午夜里
随火车涌出的人流
流出的土包子
盯着巨幅广告目瞪口呆
天旋地转中
拔地而起的摩天楼
迂回盘旋的高架立交
车水马龙的双层巴士
比信中读到的还要匪异

红毛子蓝眼睛时有可见
那位摩登少女
对着手机大叫"达令"时

乡里阿才指着证券交易所的荧屏说
昨天上证指数暴跌
他破财十万
他的百万家产　就是
那一串红绿幻变的数字
我吃惊的程度不亚于
从一尘不染的"地洞火车"
钻出来时　钻进了
西洋人经营的地下商城

2020 年 1 月 25 日定稿

家　书

家乡地瘦水缺
供小儿读大学
我孤身南下
赚钱维持家计
每逢小儿寒暑假期
老妻啊！
你夜不成眠
识字学习
盼早日能写家书给我

今天
收你来信
泪水扑湿皱折信笺
三载相思苦泪
五十载岁月老泪横秋
家书一封抵万金
语句里　字迹间
藏绵绵思念
带家乡黄土干涩气息
过玉门　跨阳关
翻山越岭
来到四季如春岭南

平日里
你锄地挑担
不让须眉汉子
来自丝绸之路的字只
每一横　每一竖
却那么纤巧
是家乡的石窟艺术
滋润了你么
初写家书的老妻
端坐土炕上
煤油灯下写信的
分明是那
西子湖畔的秀巧织女

2020 年 1 月 26 日定稿

新 月

背离山村的前夜
你没有意恐儿迟归的叨念
只有一滴混浊的老泪
落入我的行囊
失落挫败
想到它
再苦再累也撑挺过去
八九年的打拼
儿已不知
世上何事谓艰辛

离城返乡的前夜
抱着才满周岁的孙儿
你用粗拙的手
抚爱着他幼嫩的脸
望着我
心疼的一句
"在外奔忙，别耽搁了孙儿！"

望着你渐弯的腰背
真害怕孙儿的体重
把它压成半弯的新月

2020 年 1 月 26 日定稿

心 雨

南下五载
每逢岭南雨季
淅沥淅沥的雨丝
朦胧了厂房
朦胧了街道
朦胧了城市
朦胧了我的眼睛

千年干渴的家乡
滴水贵如油
岭南的雨丝
何时
洒湿黄土高坡
洒湿庄稼野草
洒湿你和孩子的心窝

2020 年 1 月 27 日定稿

心　暖

寒潮
寒潮越过黄河长江
席卷岭南大地
我迎着寒风
穿过袒露躯干的桐林
站在邮箱前
邮箱知道
我在诉说什么
静穆地凝视着我
为自己是爱的信使而心暖

如今
遥远的你
一定很寒冷
伸出你的小手
让我呵一口暖气
你拆开这封信时
会听到我的呼吸声

2020 年 1 月 30 日定稿

守望幸福

风沙中赶路的人们
别急着赶路
别急着赶往高昌　别急着
见那梦寐以求的……

莫名的恐惧和灾难
戈壁　烈日　饥渴
遍及沿途
疲倦的焚心赶路人
也许你会在途中倒下
也许你能……

途经的无垠草原
蔚蓝的苍穹下
小草野花接连天地
嫩黄的草芽正破土
羔羊抖动着雪白的毛发
路边灌木丛
枝丫　花冠　叶子上
卑微的昆虫
正交谈舞蹈歌唱
不显眼的热闹和喧哗
如天籁般动听的交响

焚心的疲倦赶路人
现在何不让我们
感受苦难的同时
微风中
让我们　坐下来
让我们一路
静听花开……

2020 年 2 月 6 日定稿

遥远的美丽

爱恋竟在远远
你我相对茫然
为何　为何我却在
蛙鸣蝉唱的夏秋
才会想起
才会茫然追寻你的踪影
你这寒风中袅娜的水仙

恋爱竟已是遥远
似水流年　流年似水
已是稻穗飘香的秋
我却是道不尽的愁
不想你的冷傲绽放
使你我各在水的一方

爱恋竟在远远
一别经年　似水流年
你这傲霜的凌波仙子
岁月之舟已进秋的芦荡
芦苇茫茫　秋意迷离
迷离的你却
屹立在料峭的早春

慨然你我
相识在错误的季节
叹息你的如约
竟然是我的迟到

2020 年 3 月 12 日定稿

狮子座流星雨

寂寞无告的梵谷
罗列着光谱
标点着黑暗
星斗阑干的奇诡图案
浩瀚灼灼耀眼的天河
灿烂隐晦的神话之墟

凌晨二时十二分
东经 113.3 度
北纬 22.5 度
万千星辰　绽放
生命最后的璀璨
狮子座流星雨　刷亮
百年不遇情人节的夜空
是俗规　还是梦境
流星滑落的一瞬
星语心愿将会美梦成真

在历历星宿来临的一刻
在暖暖天河划亮的一刻
在亿兆星球灿烂的一刻
在千载难逢稍纵即逝的一瞬
在欲说还休心愿涌现的一瞬

在只能许下一个心愿的一瞬

主啊　我祈求

无限的坐标下

永恒的隐喻下

冥冥星宿众神的脸谱下

主啊　我只有一个心愿

祈盼　星空下

你我的心愿一样

2020 年 1 月 26 日定稿

太阳雨

那么晶莹
那么剔透的雨点
在那么晴朗　那么
一望无际的蓝天
飞洒下来

呆望着那突然而来的
沐浴着那飘然而下的
使人发怔的太阳雨

"那么晴的天
那么烈的日　怎么
就下起了雨呢？"

那么亮晶晶的雨点
那么无忧无虑欢聚地面
"难道它们一定要流进水沟？
难道它们就不怕会弄脏自己？"

小儿稚语纯真
使人畅慰　却无语

无言的更是
某个时候的那句
"人生病那么痛苦！
人为什么要生下来呢？"

2004 年 6 月

幸福像花儿一样

蓦然回首
其实
其实真的没有什么

那天阳光中
我们牵手
这座城市
名闻遐迩的花廊
春的美丽
从四面八方
拥抱你　亲吻你
那些五颜六色的
那些迎风招展的
怎及
嫣红的笑容可掬
花样年华的你
生活
花儿一样
水灵灵的

2009 年 7 月

凌晨的雪乡

还有什么比得上这
比得上这更温暖的呢
晃动的火苗映着
梦中呢喃的小儿
八岁的小孩他是在
哼着刚学会的单词
还是憧憬着未来
猎枪已擦得油光发亮
妻为雪靴缝紧了鞋底子
"别，又摔伤……"
为何　为何这唠叨
总是常听常新

还有什么比得上这
比得上这更和谐的呢
大雪在旷野飞驰呼啸
映着炉火　来旺
盘蜷在小儿炕旁
时而微睁警惕的双眼
狗不嫌家贫　来旺
勇敢的身躯早已伤痕累累
十年呀　昔日的小猎犬
早已是最得力的帮手

总是在大雪纷飞
总是在无法外出时
来旺才睡上一个好觉

还有什么比得上这
比得上这更美丽的呢
"咯吱"一声轻响
是积雪压断了枯枝
还是松鼠跳落地上
来旺警觉地轻摆一下脑壳
枕边妻时断时续的鼾声
在耳旁萦绕
屋外风停雪歇了吧
何时才春暖花开……

2020 年 1 月 10 日定稿

给母亲

哼着　哼着
那遥远的曲调……

飘遥的歌谣
由远传来
从灵魂深处传来
十月金秋已是红叶沾衣
哼着这悠远的歌谣
丹田心田暖流暗涌
飘曳的曲调将我
拉回遥远的昨天
凝视你
始觉昨日不可留
伸　手　难　及

哼着那遥远的过去
歌咏着你美好的未来
女儿呀
当年生病的妈妈
躺在奶奶的怀里
入梦　全因了这曲摇篮
他日　你做妈妈时
哼着它　你将会知晓

什么叫作人生

轻摇着 轻摇着
你美好的明天……

2004 年 10 月

问　月

回到故里回到父母身旁
我问星星，问月亮
问门前屋后的桃树、杏树和海棠
是否还记得我旧日的模样

今夜，在故里乡间
我问庭前的月光
这银白如昨日的月光
这圆满洒下清辉的月光
可是我昔日年少时的月光

2014 年中秋

一生明月今宵多

白发三千尺　天涯与我同行
海角与我共月
汉唐的月光　今夜送我还乡
月到中秋　诗歌带我回家
我们相聚在五千年的月光

上下五千年
五千个渐凉的秋
五千个难圆
却总会圆满的秋月
五千个难以相聚
却祈盼团聚的中秋
青铜器倒映的月色
浑厚凝重富丽
青花瓷飘浮的月光
清新俊逸素雅

苍茫云海间
那银色的月光
那亘古的月光
神农氏沐浴过
冉冉升起的涿鹿明月
炎帝黄帝放牧浅耕过

李白静夜深思过
她还曾秋暝
王维的山居
把酒问青天的苏轼
水调歌头唱吟过

而此刻
时针已指向
夜半十二时
月却依然半弯
你说　那是
天狗吞月遗留的月牙
月有阴晴圆缺
此事古难全
天涯共此月
我们却始终深信
月是故乡明
古往今来
月的那些事儿
我们总是欲说还休

2019 年中秋

南行车流

向南　一路向南
南行的汽车驶向父亲的村庄
南行的车流漂向母亲的河
停泊的岸有我思念的父母乡亲
返乡的路　路途漫漫
三百六十五天的距离　地球与月亮
我的乡愁　梦里
故里　一直在我的心上生长
南行向南　南行汽车
路途很远　可心的距离从没有走远

2020 年 1 月 22 日定稿

因为春天

四月春雨连绵
连绵的　还有你赠送的
一部《洛夫诗全集》
老诗人用 1257 个页码
诉说人生乡愁情思
许多诗章记我相同的爱恋
诉说思念想念你　淡淡的愁
那爱意在映月湖面荡漾
因为春天
因为风的缘故
爱意荡漾在将来
无尽的岁月

2017 年 4 月

穿过银河去看你

恒久常新，天荒地老的
绝对不会是物质。庆幸找到了
远道而来的爱情
冬季漫长而寒冷
如一对蚂蚁抑或蝴蝶
阳光下温暖着彼此的温暖

爱情是一个海枯石烂的话题
世界即使颠倒，日夜反转
我和你的希望会是一个样
爱情是怎样一个支点
让我们快乐地
望着远方，活下去
即使天崩地裂、墙倒屋塌
我也愿意穿过银河去看你

2020 年 1 月 16 日定稿

五月行走

五月花香，以一夜的无眠
叙说世事变幻沧桑
你不染淤泥化一片片莲香
全为我惜生

五月花香，以一夜的苦茗
诉说一桩千年奇缘
问可敢纵浪，我愿乘桴浮于海
哪怕汹涌澎湃，纵浪谷底

五月花香，在浮香与暴雨间行走
一路风雨兼程。问可闻到花香
你若不觉，近在咫尺也徒然
关心你何时能够抵达

2019 年 5 月

上弦月

秋风起时
镇海楼的五羊雕像
还有珠江的交织闪烁
一寸寸地折进了风中的桂香

白云山麓风鸣叶响
惊飞的秋蝉
半空弯月似刀断我相思

断线的一行飞雁
竟猛然一折飞临今夜的
越秀公园与秋月相聚

茶杯半凉时
你凝神问我
昨晚的秋风
冷，还是
不冷？

让我猛然惊觉
穗城两千年前
那轮未满的秋月
竟被你的一个"冷"字填满

2019 年 9 月 10 日定稿

奔　跑

那些说不出的慌张像急迫的青春
不懂如何才能与爱生死相许

年轻的奔跑没有发现四季的秘密
蓦然转身，白发已经在爱情中生根

2020 年 4 月 13 日定稿

真 相

人生本是白纸一张
不透光的纸
正面光亮灿烂
背面阴暗隐晦

打开天窗说亮话
其实打开心窗
所说的 仅仅是
自己敢于亮出来的
漂亮话

命运喜爱捉弄人
其实命运难以捉摸
人生在世
其实人情如纸般薄
一点即破
世态炎凉 沧桑 易老

总认为世事洞明皆学问
人情练达即文章
其实 一叶遮目
往往有眼不识泰山

人生在世　其实
其实良机稍纵即逝
其实错误在所难免
其实唯有死亡无法错过

2020 年 4 月 6 日定稿

骑着月亮飞行

岭南夜空，三千盏明灯
游离西窗，大山深腹
南海之滨，骑着月亮飞行
我们并肩浪迹在天涯

2017 年中秋

香 山

北方的你
和南方的我　所说的
香山　不是同一个概念
尽管数字媒体技术应用广泛
可你　还是没能联想到南方
岭南有一座有 860 多年历史
沉淀的　大香山
里面装着中山　珠海　澳门
这可比紫禁城秋天枫叶
飘红的香山　更加辽阔宽广

2020 年 4 月 22 日定稿

端午，缅怀诗魂屈原

粽子飘香时节
时光碎片又一次将我撞伤
默念那条奔涌的大江
念想那纵身一跃的身影

热闹的龙舟赛
岸上站着的是人群
跪下的是人心
屹立千秋的是中华诗魂

2016 年端午节

秋　韵

由春的嫩绿，到夏的碧翠
由繁花似锦，到硕果累累
秋日的暖阳里
那些弯下腰身的莲荷啊
感恩，眷恋
在这金色的秋天里
紧紧地，依偎在
大地之上

2018 年 9 月

幸福的稻穗

十月的祖国，繁花似锦
芬芳你，也芬芳我
我们和祖国，心连着心

秋风送爽，香气溢满大地
绽放的花朵，铺盖了
960 万平方公里

幸福饱满，粒粒金黄
稻香里，说丰年
我们是幸福的稻穗
一起拥抱着祖国
永远不分离

2019 年 10 月 1 日

回心转意

山涧青葱，奔流不息
海洋是不变的方向
是谁说好了，如果有那么一天
也要好聚好散
谁的情断丝连
怕我，也怕你
又是你又是我
始终不变的方向
想分辨你和我之间
谁先爱上谁
谁又先说出
一生错爱全都错
谁又将手，牵上谁的手
现像为难自己，要和自己分手
清渭浊泾，溪水清甜，海水苦涩
澎湃汹涌，全非当初的清澈
要想退出，一定要趁早
此刻，谁又能做到
万绿湖，无法回心转意

2019 年 10 月

悬 念

煞有其事，不放不弃
用竹篮打水。人生
如那盛水的缸，何时饱满
或者是一列渐行渐远的火车

2020 年 3 月 19 日定稿

以诗之名

茫然于人海
人海茫茫，岁月总是
守口如瓶，从不正面通知
也不肯稍为透露
你何时抵达的消息
我在月台静默守候

一再伫立，凝望
人流摩肩接踵，车来人往
只怕各自奔忙
消失在某个无名匝道
悄然走失哪段交错时空

我在静默守候
如何能让你我在途中遇见
我在苍茫大地，张贴告示
以诗之名
守望你的抵达

2020 年 1 月

另一种乡愁

起风了
秋风渐凉时
蓦然回首
岁月了无声息地流走
日升日落的感触
乡愁又占满心头

起风了
临别时的叮咛
无奈的岁月
去也不是
留也不是
落叶知秋
无喜的岁月
却载满了乡愁

起风了
又是凉的秋
天边归雁披落霞
秋风吹不老的思念
树和云难遮断的乡路
秋风捎来你的含笑问候
乡情醇绵满心头

起风了

独处寒秋

凝听落叶坠地的巨响

凝听故里山泉的汩汩流水

凝听昔日早起的朗朗晨读

凝听黄昏屋檐

燕子相对的啾啾唏嘘

失去的童心呵

竟

如

平

静

的

海平面

翻滚成涛

滚滚成涛

澎湃不休

2013 年 3 月 26 日

一起遇见美好的春天

将南山归来满口袋的蝉鸣
挂在东篱，游离万物之外
朝阳晚霞满窗，风雨一生短
有谁的幸福值得采摘

传　说

哪年哪月
那个桂子飘香的牵手晨曦
那个荷香渺渺油桐伞下的午后
那个花灯中烟火里的元宵
那个石头记里的西厢往事
那个死与生又生与死
那个打不成又解不开的结

我是你前世的守望
无奈却让你化成了
石头　却望不到头
盼不了
望不见
在江边守望千年的一个传说

你是我无心却相遇
无缘
却千里寻觅
望得见
盼不了
化蝶双飞的前尘往事

刹那的思绪如电闪

现世的我

惊疑前世

一个个遥远的爱情传说

2006 年 9 月

岁月是一把刀

某时　你挚诚问我
春风中是否身心安泰

岁月锋利无比　明晃晃
正如一把切菜的利刀

利刀　一节节切我
春风煽风点火

我快成了餐桌上
一盆热气腾腾的菜　可口吗

2020 年 3 月 15 日定稿

秋　风

秋风阵阵
青山渐黄
呼啸的秋风
仿如，一列列
赶路的快车
一趟快过一趟
昼夜疾驰
一恍惚
一抬头
那些青葱
便与我们擦肩而过

我坐在湖畔
涟漪层叠
倒映的大地消瘦
湖镜中
倒映的我
白发丛生
两手空空

呼啸的秋风
你还要
带走什么

2008 年 10 月

天堂鸟

在夏荷盛放时
在蝉声消退前
请赶快淌过这道河
请赶快歌唱或发怒
请赶快大声说出
你的欢乐和忧伤

岁月如河，大海无边
山那么遥远
你我相隔遥远
仿佛是飞远的天堂鸟

那些年那些梦
再不热爱，再不热恋
我们就越飞越远

2020 年 6 月 20 日定稿

东 篱

将南山归来满口袋的蝉鸣
挂在东篱。游离万物之外
朝阳晚霞满窗，风雨一生短
有谁的幸福值得采摘

2016 年 8 月

穿透黑地的寂寥

穿透黑夜告别黑地的寂寥
此刻，光芒把黑暗挤得悄无踪迹
霞光中，世态暴露无遗
光明与黑暗的距离有多近
世界的辽阔，桃花的红
李花的白，傲雪的寒梅
这个世间的缤纷灿烂
芬芳了苦寒

2020 年 2 月 27 日定稿

唤 醒

你捎来一段雨
送来阳光、果实

你捎来一点绿
卷来萤火、辰星

你捎来一树鸟鸣
飘来笑语、歌声

晨曦，推窗远眺
我听见整个山村被欢声笑语唤醒

2020 年 1 月 5 日定稿

聆 听

时光流淌，雀鸟聒噪
恬静的是你一脸微笑
和朗读。平平仄仄
令枯燥单调似流水
欢畅，夏日清泉
洗脸般凉快
去一脸的沧桑

某时，我会用
一屋子的宁静去聆听
你的音韵笑容
后来，我感觉到辽阔和苍茫

2018 年 1 月

雨 声

昨夜有雨敲窗
北回归线以南的亚热带
气温由盛夏 32 度
急跌至
深冬的 13 度
只需一场连绵两个昼夜
滴滴答答雨响
四月嫩绿生机盎然，湖面暴涨
荷香已荡漾
雨声诉说着连绵春雨般的思念
想你，真的不需要理由
就像敲窗的雨声
那雨声，那心声

2019 年 4 月 16 日

富士山藏不住心事（组诗）

东　京

银座，浅草的人潮汹涌
汹涌的还有思念的影子
那道影子，穿透波音飞机
来回奔波在
东京两万英尺的高空上

不知此刻，你是否也思潮汹涌

富士山

有雪的富士山藏不住心事
阳光和煦　碧绿幽深
五月的圣山纯洁　与你的笑容
一般洋溢着
春风比积雪温暖

马笼宿

喜欢依山而建，苍老古旧的
马笼宿木屋温馨

无论晨光晚霞，或者正午暖阳
茗茶青酒静坐，听任流光挥舞

山泉流淌，山坡下的水车
就像那情感从不停息

东京银座已遥远，群山
青翠依偎在怀中

清水寺

在蓝天上陆地上海洋中
畅想，随景物飞转

在京都清水寺，到处一游的
还有你的影子

此间祈祷美好，谁的姻缘签
正在随风飘扬

2016 年 4 月 10 日

夏日意象

瞬间大雨，如心的雨点随意开花
撑着伞在雨柱中挤出一条隧道
听向日葵雨中拔节，你的笑容雨花般
盛放，如花穿越夏天

2020 年 7 月 6 日定稿

万物皆有深意

正值立夏，在珠海南门村接霞庄
丛丛蓝雪花灿烂了前方的阳光
低下头，一地芬芳
"哗"的一声轻响
朵朵睡莲，次第绽开了笑脸
时间的水面，古树绿荫下
隐隐听闻昔日宋朝皇族的歌声
飘荡而至，自由的鱼
拐了好多个弯才游到此
所有的美好如期而至
在毓秀、塘祖、竹园、新围峰
这里有六百年蚝壳古墙
有望尽天涯路的艾草
还有时令嫩绿蔬菜粮食
万物皆有深意
如果此刻与你并肩
依恋这里光线，也是旧的
很安怡、温暖
想你的时候心动的痕迹
阳光，正在青绿上吹拂撒野
相看两不厌，满眼叠翠山峦
我愿和你是那一湾清澈透明的溪水

2019 年立夏

风暴即将来临

潮起潮落，鸥鸟低旋
低矮沉垂的乌云

欲言又止的你
心潮起伏是否也如鸥鸟

摇摆的渔灯，让海平面
更加晃荡，风暴即将来临

坍塌，倾覆，只欠一记重雷
海啸铺天盖地，随时来袭

不可重复的现实，归还
亏欠大海一次认真的迁徙

2020 年 4 月 8 日定稿

翅 膀

身心疲惫　孤独无助
无语无言的一刻
随清风　随一个
无限无极的思念
悄然入梦

在梦中　你不离不弃
张开了我人生的翅膀
我可以　遨游天下
心随花开

2020 年 5 月 14 日定稿

美

你抿着嘴
忍不住的笑
像那，灯影下
闪然的昙花
刹那生辉

六月的蔷薇
恣意
绽放了满架
满眼灿烂
总挥不去

2020 年 6 月 27 日定稿

风打身边经过

风打身边经过
捎带的气息，那么熟悉
如初夏的宁静
有深冬的稳沉
就像你打身边经过
掀起了风

在时光深处飞翔
人情冷暖，如四季
岁月斑驳，沧桑易老
骤风推着清醒的凛冽
现在的微风，淡泊宁静
就像那时，你打身边经过
掀起的风

2019 年 9 月

闪耀的焰火

把思念捋成纤绳
拉动星光，徒步穿越银河
太阳系有你的投影
觅寻你的星座，潜游太空
身陷黑洞，暗物质
纵然形影孤单
依然相信，希望就在前方
一切将在
宇宙大爆炸中消逝
那又如何
璀璨星河，有你我
燃放的光芒
你是星空蓦然闪耀的焰火

2020 年 1 月

最美的风景

谁能天籁知音
此刻，大地奏响小夜曲
人生是一次未知的旅程
丛林里，百鸟唱和
多么希望，在彼此的全世界里路过
生命经历
因重叠，而厚重无比

我们会始终牵手旅行
你我为伴，身心安顿
我是你，你是我
心中的天堂
不会再有幻影
你是我一生中最美的风景

2020 年 2 月 16 日定稿

我们是海鸟浪花

今天，只关心爱情
只想你我瞭望远方
在海傍，看海鸟
在丛林筑巢，在天边比翼
看浪花涛涛亲吻海岸
相拥亲昵嫣红笑容可掬如海鸟
依偎翩然穿梭深海珊瑚如游鱼
海天浑然一色
天地间只有你我
我们是海鸟浪花，是欢乐悠然
只想和你看海的辽阔

2020 年 1 月 11 日定稿

椰　风

略带着咸味，阵阵热风

热浪一再袭来

虽然，已经立秋

东海岛却还是大汗淋漓

清风与这里的天空、海滩无缘

沙滩上，零散的贝壳

闪着耀眼的金光

湛蓝的大海

犹如躲藏在椰子里面的甜蜜

猛力，吸一口

一阵阵椰风，骤然袭来

2019 年 9 月

天空中拥挤的游鱼

一条两条三条四条五条　此刻
河里湖里所有的鱼都游上岸
在灰色的天空　在拥挤的街道
在拥堵的马路间隙中　畅游张望
车流人流气流堵塞停顿
停留的还有一颗心
一颗心呆滞在原地
细数着天空之城拥挤的游鱼
惦念着那幢楼房那个房间那张沙发上
有没有　一条鱼在张望

伫立在河畔一再张望
再没有看见游鱼……

2020 年 3 月 19 日定稿

一起遇见美好的春天

一抹晚霞伴随海风和花香
快步跑了进来　亲吻着
你嫣红的面颊飘逸的发梢
凝望着窗外那一脸的温柔
多么清新　那缕花香
仍然停靠在椅子上
那缕花香一再提醒我　车窗外
繁花已纷纭

三五只不知名的海鸟
隐没在三五步外阵阵的涛声里
渔火闪耀　一起闪耀的还有
丛林里欢欣的鸟鸣
今晚的海突然懂了心疼
略带咸味苦涩的海风竟添了
一丝芳香

多么愿意和希望
这绿树成荫的海堤
就是世界的尽头　那么
时间走尽了
我们也心安理得地把
世界走尽

海堤 海风 海鸟 绿树 繁花
在这天涯的尽头 我们一起遇见
美好的春天

2020 年 3 月 20 日定稿

烟雨西樵山

蝉声
在细雨中　沉落
烟雨十里荷塘
飘荡
莲的清芳
念你
在霏霏细雨的西樵
思
念
染
透
七月的荷塘

哪日
重踏故地
群山　绵亘
我的思念
蛙声响起处
一池荷花
洁
白
着
爱情的芬芳

2020 年 7 月 5 日定稿

邂逅

午后，一湖嫣然
不早，也不晚
你我随清风，邂逅

这一刻，荷塘远近恬然
鱼水情深，鱼儿悠游如千年
凉风阵阵
翻动着，荷叶田田

让岁月慢些再慢些
甚至停顿，时光倒流
浅浅的笑，漾成
心底一片湖海

那一个午后，你交给了我
我也交给了你
一个远方。在远方
情深相拥
亿万年

2020 年 6 月 18 日定稿

狮　城

你听，点点星光
在歌唱着真善的暖
望海，望向星海
此刻与你站于窗前
远眺无垠太空
星星在心中无穷无尽

曾经有你，因此有我
并肩而行的你我
在狮城，和风拥抱着心爱
请不要问街角的胡姬花
请不要问河口的鱼尾狮
请不要问绚丽的 18 棵天空树
一场关于星月的恋爱预告
我和你几时再见

2017 年 10 月 2 日

天使的翅膀

苍穹之上，飞檐走壁似的星星
闪烁着爱的誓言
曾以为，一颗土终极为浮尘
飘荡，失落，在天地间茫然
今晚，苍穹深处
半弯新月沉吟，以爱为铺垫
一颗土，竟嫡变成闪烁的星星
一颗土，长出天使的翅膀
飞翔天际
璀璨夺目如与一场花开相遇

2019 年 8 月

欢欣总是在不经意间闪亮

春天，池塘逐渐丰盈
蛙声洪亮，蝴蝶缤纷
溪水清澈，鸟鸣林荫蜿蜒
第一朵荷花绽放时
美丽便已开始逐渐凋零
水里会有蛇，林中会有狼
世间还会存在许多凶狠

昼夜兼程分明
春花落地，会有巨响
秋实是一种美好
欢欣总是在不经意间闪亮
只希望善恶有报，美好浓一些
只希望孩童纯真的欢笑声
能将人们心里藏着的地狱照亮

2019 年 3 月 20 日

汉 字

我的字里花飘香
我的字里见荷塘
我的字里散浮云

我的字里有造纸术
我的字里见北斗司南
我的字里有夸父逐日女娲补天
我的字里有愚公移山精卫填海

我的字里有楚河划汉界
我的字里有鼎足魏蜀吴
我的字里长江长城万里长
我的字里看见昭君出塞依恋难舍
我的字里有寒风列队兵马俑嘶鸣
我的字里番邦胡骑朝贺华夏文明
我的字里有上下五千年秦汉盛唐

我的字里带走一盏渔火
我的字里回头一片沧海
我的字里拥抱永远乡愁
我的字里洒落烟雨把秋水望穿
我的字里人海浮沉相思比梦长
我的字里藏着寂寞笑看清风瘦

我的字里岁月悠悠思念也悠悠

我的字里太多无奈红尘来去一场梦

我的字里不管桑田沧海停泊枫桥边

我的字

象形宋隶楷柳新魏

我的字

堂堂正正不屈不挠

我的字

有流云翅膀下呼啸飞逝

2013 年 5 月 29 日

南　方

一群鱼啄着月光迤迤然游过
大海数次沉下去，又跃了
起来。一些话语被潮水卷起
一海面的悲伤和喜悦

2015 年 10 月 29 日

桃花源寄诗

钟爱一个人，便会觉得
世间所有的欣喜都在这里
要只要，与你静处尘世一隅
与你相伴，看日升日落
攒集世间所有的恬静
从不需要，也不羡慕任何人
你是我内心莫名的欢喜
我是人间最富有的王
赠我十个桃花源也不要
要只要你桃花般的笑脸

2020 年 1 月 19 日定稿

无语夜半

漂泊永远没有尽头，海天的尽头
南太平洋的潮水在无限循环

此刻，月亮在窗前荡漾
再云淡风轻，也是长路迢迢

都市喧嚣后的夜半寂静
恰似某夜，你微笑的温柔

一个人独坐无语的夜半
北半球的孤单，习惯了不习惯

2020 年 7 月 11 日夜半

心　境

烈日高悬，关在冷气房
一整个下午的民谣
听小娟和山谷里的居民
哼唱台北到淡水的旅痕
微风往事，飘逸着思绪
一窗清响，回旋曲中
钟声逐渐遥远的黄昏
留取光芒几许
天地静好
夕阳，正从西边渐渐漫过来

2020 年 7 月 18 日黄昏

旧唱片

昨天心曲一唱，再唱

刻录年少轻快、欢乐

无边的时光

故里的山色青葱

阵阵清风，吹皱一池春水

不经意间，仿佛又见一课室无忧少年

齐声高唱：天籁……星河传说

在千秋不变星座，会存在着你或我

有星光指引，一再照亮

一群足球少年狂欢在课后赛场

明日天涯，似海里浪花

至今，回味这辽阔意境

仍然是那么开怀、痛快

三十多年的光阴在唱针划痕中溜走

事过境迁的中年

恋一世的热爱

2020 年 7 月 25 日阳光灿烂

在低处

盈盈，无非一握
五千年的喜哀
高处的寒冷
低处的卑微
早已相拥成为
滋养绿茵的
一抔泥土

立萍之上
逆风而溯
秋水望穿
要给，就给她
一整个春夏秋冬
遥遥天涯路行尽
某时梦里辗转一个翻身
厚重千年，亦是咫尺

2020 年 5 月 24 日定稿

卷 五

山河壮阔

以梦为马　独自苍茫
此刻星河璀璨
世界一片安宁
凛冽的星辰
正划破苍穹

野狸岛

今夜披星来访　微风中
小岛去一身浊尘相迎
海天浩瀚　岁月激荡
野狸岛以五层画舫为餐桌
茗茶剪烛的顷刻
苍茫风雨骤降
谁能猜破这天地无常
撑一把绸伞迎风而行
远近渔火点点　白浪
涛涛拍岸　心心相近
想说的太多　却是
忘言于潇潇春雨
伸手接一掌春风
嘘！驻足瞿然倾听
两双雨鞋在小岛上空回响
海天是如此的亲近
小岛是你的　我的

2020 年 1 月 10 日定稿

晨 曲

晨曦
早醒的鸟儿
在轻声交谈，歌唱

早晨
世界如此的
宁静与广阔

太阳
站在地平线上
祥和地向人们挥手

一刹那
幸福和安详
如电闪过
祝愿爱心与快乐
随橄榄枝的雨露
洒落尘世每一角落

2020 年 1 月 1 日定稿

你说出了风的形状

安静地，听凭风
在你我四周
若南若北，随心所欲地飘荡

听凭天空，把远方归还
远方青翠，无拘无束地纯粹着
简单地快乐着

眺望江风，一瞬间转变成海风
你说出了风的形状
此刻，我心随风

2020 年 8 月 23 日

徜　徉

爱情是什么，是关于你
是某一时候
欲言又止的心疼
是某个夜深，无眠的挂牵

爱会在思念的一刻骤现
此刻了无睡意
你一会儿，在我的左心室
你一会儿，又跑到了我的右心房

不睡之夜，在我心海徜徉
在朝晖里，在晚霞中的徜徉
流落海角天涯的徜徉

2019 年 8 月

漂　流

在你眼眸里
随一缕海风，一抹晚霞
随意漂荡
此刻读懂
尘世的天堂，并不是
黄金和玫瑰开出的空头支票
需要纯真相爱，泰然相守
我们在温暖的海洋里漂流

2019 年 10 月

恋 火

寒冬携着荒凉将我拜访
诉说你，伫立在
灰色的夜雾中等我
我的心剧痛地燃烧
只要能给你增添一丝温暖
我愿是寒流里的一堆篝火
只要你终生心暖
我愿化成最后一撮灰烬

2004 年冬至

秋 色

一直往前，往前走
盛夏，说着说着便已转凉
岁月静好，却易催人老
疲惫的瞬间，谁洒落
漫天金黄暖我心

世间，会有一把锁
天气转凉时，便会有人来开启
你会穿越四季到来
问万顷浪花，问无边秋风
山河大川会是怎么样的缤纷

蓦然回首
所有的风景，都会沉默
沉默在这一生一世
丢不掉的秋色里

2020 年 10 月 2 日

心里藏着一片大海
——致陈嘉庚

人潮涌动　去了还来是海风
鼓浪屿声浪四散
不散的是留芳的名声
夜色苍茫　百年
屹立　不动如一盏航灯
你心里藏着一片大海

注：2016 年 12 月 5 日到厦门大学，是夜，校园内科艺楼中心广
场人流如鲫，陈嘉庚先生百年树人精神似灯。

再来台北

笑意盈盈，有你我说不清楚的钟爱
台北故宫博物院总怪我们溜达不完
70 万件文物珍品，内涵上下五千年
祖宗的许多宝贝，看不完爱不完

意兴阑珊，尝宴于闹市
承载不了这许许多多的美味
蚵仔煎、木瓜牛奶、担仔面、香蕉饼、卤肉饭
365 天不夜天饭堂
士林街总责怪我们胃太浅

再来时，再给我一碗酸梅汤
再仔细瞧瞧这颗白玉苦瓜
这些食材是否产自我们家的后园
笑容可掬，爱不释手
台北是你我自家人的

2019 年 5 月

红树林

不惧怕把岩山和天空，随时
撕裂的海啸
不羡慕前世喧嚣的芬芳
避开海鸥、白鹭和潜鸟的视线
母树上生长十月胚根的果实
从母体上脱落
此刻，呼吸根已深扎滩涂
生存在天地的极限空间
狮子一样的雄心
菩萨一样的善心
为沿海消浪，站岗
我们是海茄、桐花树、五梨跤
我们茂盛地生长，呼吸
我们是动植物的极限

2020 年 4 月 23 日定稿

十　月

何以唱和金秋
迎风起舞弄清影的云淡天高
石榴嫣然，剔透
灿烂，不是为谁而存在
只为遇见最真实的自己
明亮的光线，明白的事物
去年寒冬，打盹凋零的木槿花
楚楚动人一整个秋天
何处，觅彼岸
曼珠沙华盛开在彼岸的路上
只为拥抱当下的金色秋光

远处，悠然传来
一串串若隐若止的
禅院钟声

2018 年 10 月

偶然回眸的一份美丽

来到鹭岛，踏上波涛
在鼓浪屿，总能遇见一行白鹭
从远方，迎面向我飞来

已忘记，早年写下的诗句
忘却不了，曾在厦门大学湖畔
今天相遇，可是当年的数只天鹅

涛声远去，又卷来的海风
飘逸着朗朗诵读的开怀
厦门，是偶然回眸的一份美丽

2019 年 11 月 13 日于鹭岛

深　度

你说此地的深处，埋藏着金子
挖掘，近十个昼夜
刨根问底，百米千米
土层和时间的深度

我愿意和你不分春夏秋冬
哪怕一百年，千亿光年

到那时，你还相信深处
那些深埋的金子吗

2019 年 8 月

壮阔山河

一定是故里
一定是青葱岁月
一定是求知若渴年华
一定是那片星空那片海
某个晨曦，划水出海
是不是茫然无措在水一方
是不是茫然徘徊在水中央
慢慢习惯了寂静
寂寞的自由，一种孤独追逐
一生热爱，透过你的双眼
看到辽阔苍茫
走向豁达，淡然，静好
一路无语相伴到天涯
时间锋利，记忆跟不上光阴脚步
岁月无语，朝阳起又落
壮阔山河在等待

2020 年 8 月 30 日

秋蝉与蟋蟀

叶落秋深夜色暮
安静的书房
橙黄色的节能台灯下
故纸堆里，托尔斯泰
正和我谈论
战争与和平

正是话酣意浓
蝉，这一位不速之客
一句"知了"
也没有说
却是带着好奇
停落在台灯的支架上

房子的东隅
一只蟋蟀正在歌唱
天苍苍，地茫茫
房子的西隅
另一只蟋蟀在和唱
天苍苍，地茫茫
两只蟋蟀在对唱
天苍苍，地茫茫

蝉，这一位不速之客
带着好奇，凝望着

天苍苍，地茫茫
两只蟋蟀的歌声
越来越尖锐
两只高声争吵的蟋蟀
两只斗志昂扬的蟋蟀
两只相互撕咬的蟋蟀
两只角斗得不亦乐乎的蟋蟀

天苍苍，地茫茫
胜利的蟋蟀在高歌

蝉，这一位不速之客
飞离了书房
临别说了一句
"知了"

2014 年中秋节

无言以对

这小花艳丽而后枯萎
你信誓旦旦是衰老末日

这里曾经蓝天现在跨年雾霾
你一再喧哗却无言谁的末日

2020 年 4 月 22 日定稿

欢喜的雨点或泪水

一场更大的雨
就要落下

欢送宴席间
说家常，畅话远近趣闻
嘘吁往昔
谈及昨天大暑
岭南，临海的中山
气温竟达 40 度
炎热从四面八方赶来
可是为了增添
我们热闹的气氛

舍不得，无法开口
道一声，再见
明日天涯
我们每一次重逢
或是不期的偶遇
那会是一次怎样的惊喜

再道一声，再说一句
祝福平安
大家的每次相见

好人一生平安
出门旅居海外的日子
漫长　漫无边际
何处是归期
长亭连短亭
讲不出口的再见
只盼相见时互道安康

宴席间
遥远处，已听闻
雷声隐隐
那是话别的祝福语
从何处飘来
数滴雨点
洒湿了你我的面颊
可知道
人生的最大感慨
人生的最大喜悦
就是落下欢乐的泪水

有一种快乐喜极而泣
好人一生平安
我们一生平安
多么朴素多么美好的祝愿

一场更大的雨水
就要落下
雨水就快
打湿我们的脸庞

2014 年 8 月 9 日

艺术品

时光如染　如雕刻
今日你我相逢不识兄弟旧时样
今日你我　两额斑白
我们都是岁月的艺术品

2015 年 1 月 2 日

沧　桑

爱情
湮没在柴米油盐
现实啃噬我们的神经
生活中
只有最真实的——
我
你

2020 年 5 月 19 日定稿

平安夜倒数

坐在大门口旁边
看着，日子鱼贯而入
不知不觉已是平安夜
圣诞钟声就快敲响

坐在大门口旁边
看着，人群川流不息
从未习惯过圣诞节
以往不曾在乎圣诞钟声
在这个平安夜　竟然想着
未来的平凡日子里
看着你扳着手指
倒数平安夜的到来
可会真的看见
一位慈善的长者
驾着驯鹿雪橇　从天而降

这样的日子
不一定诗情画意
却定会朴实开心

2019 年 12 月 25 日定稿

新年钟声

这时候
电话铃声响起
手机的短信音乐
一次又一次
接连不断
向我游来

这时候
墙壁上的时钟
再也耐不住喜悦
快乐地拍起
热情的手掌
那十二声欢响
在阳台的孩子们
未能燃点烟花的刹那
悠然滑出大门
溜进空旷的广场
与钟楼的巨响共鸣

这时候
我还没有来得及
向亲友说出衷心的祝福
年已来到

每个平凡的家庭
漫天的礼花
早已灿烂了
城市的夜空

2011 年 1 月 1 日

春节，是一种温暖

有一种莫名的温暖
要与你　分享
那个说时间短促
又说时间漫长的
此刻　又点亮了灯火
两端通明　阑珊
尽管世态沧桑　距离遥远
尽管地球蹦跳旋转了 365 圈
总感觉去年除夕团年饭
你温的热茶热酒
现在未凉　还暖
转身又是春风十里

2017 年春节

玫瑰字句

新年睁开晨曦双眼
一朵两朵三朵……无数玫瑰
站在七楼阳台大叫
将静在白夜之中
偌大的一座城市
摇醒，风中的花蕊
正诉说着什么……
惊异的我逐字逐句
译着那叫声
琢磨了一个上午
没想到远方的你早已译出
玫瑰心语，竟然那么简洁……

2020 年 1 月 3 日定稿

七色鸟

悠远的年代

森林　栖息着

霞彩辉映的七色鸟

浩瀚的风暴

吹袭了七个昼夜

大地

从此消失了欢欣的歌唱

七色鸟呀！七色鸟！

雨后造虹的下午

我看见

你在前方逡巡起舞

追寻呀！追寻！

顺着田坎

穿过山村

我嗅到了

稻谷的甘甜

泥土的馨香

翱翔呀！翱翔！

朝朝暮暮

暮暮朝朝

我只愿和你

翩翩飞翔！翩翩飞翔！

2020 年 3 月 19 日定稿

阳　光

那么　清脆
满庭院阳光
一瞬间
就撞响了
午后的思念
那么温馨温柔
仿如你的秀发
随风飘逸

2020 年 1 月 2 日定稿

听 涛

最后一抹彩霞
隐没了远方的归帆
平静的海平面
被飒飒的晚风
被欢声笑语的海岸
幻化成绵绵的云朵

最写意
莫过于听涛
最浪漫
莫过于听涛
近处渔火闪闪　　闪闪渔火
远处繁星垂满海天
一阵海浪
送来了满海的星光
一阵涛声
卷走了尘世的繁喧

浪声渐急
"哗——啦""哗——啦"
涛声阵阵
"浪——漫""浪——漫"
一阵海涛卷来

抚摸了听涛人的双脚
蓦然发现
浪　漫遍了海滩
浪　漫了听涛人的心

2020 年 6 月 9 日定稿

热泪滑落的巨响

日落紫禁城
西天残红如血　晚风
在磨损的地面
扯起一个个气旋
紫禁城内空空　太和殿前空空
空旷中夕阳中看游人四散

听　风隐隐
闪闪泪光中
仿见铁蹄滚滚
八国联军鲸吞蚕食
华夏瑰宝顿失滔滔
清朝腐败苍生可悲

听　风啸啸
泪光闪闪中
仿佛听见奸淫掳掠声四起
日寇抢光　烧光　杀光
中华儿女痛失 3 000 多万同胞
血流成河　血光冲天

在残红里落泪
伸手触摸历史的伤痛

是哪一阵晚风
是哪一阵气旋
扯我　进这沉痛的深渊

在巨痛中凝神
远方铜狮怒睁双目
近处麒麟踢蹄狂啸
身旁铜鹤振翅欲飞
听　风声雨声
听　晨钟暮鼓
听　历史深沉的倾诉
听　晶莹的热泪滑落脸庞的巨响

2020 年 5 月 17 日定稿

我的祖国山河锦绣

晨曦 以梦为马
在梅雨江南起程
湿漉漉的马蹄声
越来越快成了一阵风

以梦为马 跨越长江黄河
驰骋广袤平原
穿越奇崛峻岭
林海浩荡
万木飞奔
群山扑面

以梦为马 踏着落日余晖
横穿戈壁大漠
风在奔跑 岩石在鸣叫
存一份敬畏之心
与热爱祖国的人民
以梦为马面对黑夜
我们不害怕孤单

以梦为马 独自苍茫
此刻星河璀璨
世界一片安宁

凛冽的星辰
正划破苍穹

以梦为马　勒马长城
与昆仑山对望
我看见世上所有鲜花
都笑脸绽放
我的祖国　山河锦绣　蒸蒸日上

2019 年 9 月

遇 见

——给留医的老父亲

六月，猝不及防的凶猛
扑向我的虎狼，张牙舞爪
血盆大口向着我狞笑

六月，无助，手足无措
有谁一脚踩空
猛然，从山巅急坠悬崖

六月，南柯一梦
茫然海天间
翩然而至一沙鸥

六月，蝉声歌唱着未来
朝晖落霞，宁静而美丽
你安详地靠着我肩膀

六月，那年六月
你牵我手沿河而行，舐犊情深
远方，山河壮阔

2018 年 6 月 30 日黄昏

海　韵

我来自冰封的北国
你成长在浩瀚的南海
我说人的意志
应有寒梅的刚毅
你说人的胸怀
更应如大海般磅礴
那夜观看海上日出
使我感慨
大海的女儿柔中更刚

海风再次掀起滔天巨浪
惊骇了海岸
咆哮的海涛
颤抖的海岸
我七尺男儿不敢妄称伟岸
风浪却动摇不了你坚定的目光
你勇敢地说
坚持就是胜利
黑暗过后就是曙光

怒叫的风浪走后
天上星月越来越稀
夜深了

冰冷凝固了海岸

寒潮飒飒

身上的衣衫越觉单薄

你坚强地说

坚持就是胜利

黑暗过后就是曙光

星月完全隐退时

天地间只有岸上的灯塔

和天边的航灯

遥遥相望

沉寂主宰着大地

幽暗浸透了苦涩的海岸

我一直怀疑

光明迷失了方向

你坚定地说

坚持就是胜利

黑暗过后就是曙光

徐徐柔和的清风

送走了寒冷寂寞

迢迢长夜就快尽头

愤怒的巨人拨走了层层乌云

东方海平面透着霞彩

一轮红日喷薄而出

黎明冲破了重重黑暗

壮丽啊！　曙光

壮阔啊！　大海

2020 年 5 月 12 日定稿

苍老的河湾

每每，父亲节
总和远方的老父亲通电话

今天，又听到远方
比往时更迟缓的声音

想象他的苍老，行动不便
想象那遮风挡雨的河湾

那面上皱纹，波纹般荡漾

2017 年 4 月

母亲，是一种岁月

一

光芒一再向我涌来，晨曦中
年轻的妈妈背着不愿睡醒的孩童
提着早餐，在崎岖的小路快步

二

光芒一再向我涌来，夕阳下
中年的妈妈牵着背着书包蹦跳的学童
提着菜篮，在悠长的小路漫步

三

光芒一再向我涌来，灯影下
年迈的妈妈正折叠衣服整理背包
提着背包，在小巷送别出外奔忙的青年

四

光芒一再向我涌来，烛光中
苍老的妈妈在雷雨停电的夜晚侍食儿孙
仿佛看到年幼的我……

注：2015 年母亲节前，在医院陪母亲偶感。

卷 六

开窗千里放云行

这个世界虽然没有想象中那么美好
但似乎也没那么糟糕
依旧有着温暖
依旧有无数人坚守着心底的善良

给幸福插上翅膀（诗歌体小说）

一

爱情在左，幸福在右
年轻的我分不清左右
北京的你，来信说
香山的枫叶随风飘红
南方应是稻穗香熟的秋
每次，还说
暖和的露露更可口
一再说
当年校运会上
我赠的那瓶冰冻露露
至今心里
还曾丝丝凉透

二

爱情在左，幸福在右
大学的我分不清左右
北京的你来信
多少次探问花城
是否四季如春
是否花团锦绣

说定比冰冻的京城浪漫
说南国花城的少女
定如夏天一般烂漫
我们这些男生
必定是
幸福在左，爱情在右
我不知你的爱情
竟在我的左右

三

爱情在左，幸福在右
年轻的我分不清左右
持续两年多的通信
每次我只说说球赛
你上京路过花城
不知何故我还是和你
说说，运动场上
你们这些女子排球
我说生活本来简单
只要健康快乐
便已足够
秋风中枕着月光
竟不知
爱情在左，幸福在右
年轻的我
分不清左右
你怎不提醒我
分清左右

四

爱情在左，幸福在右
爱情是否还在左
幸福是否还在右
我极想分清左右
36 度的高温
派送清凉饮料的服务员
每次问我要什么饮料
我望着空荡的球场说
"一瓶冰冻的露露！"

五

爱情在左，幸福在右
今天蓦然心想
我从来，未曾
品尝过暖的露露
不知将这瓶冻露露
用开水浸暖
这个夏天
会否变得更加缤纷可口

2020 年 1 月 1 日

那一张痛苦扭曲的脸（诗歌体小说）

一

我们带着哭声来到了这个世界
我们能否带着微笑离开

脸色苍白的月夜
深夜的冷风将我惊醒
床畔停留的那只蝴蝶
已展翅飞走了
在能听到点滴
滴落的夜阑人静处
我又一次，听到了低沉的
痛哭声。刺耳
绝望的低沉号哭
从 ICU 室那端传来
那是锋利的匕首
刺透雄狮胸膛
发出的声嘶力竭的苦痛
呐喊。哭声诉说着悲伤
抑或无奈的愤怒。她
与前晚尖锐的号叫
不同。她分明是无奈
绝望的怒吼

二

康复科一号
病房的隔墙，一条
寂寞，让人不安的电梯走廊
走廊的另一端
就是随时能听到死神
召唤，重症医学科的 ICU 室
今夜为何这么凄冷
比今夜的哀号声
更冷的是漆黑中
飘忽的惨白
夜色。星月隐约
分不清是腰椎间盘
膨出的疼痛，还是
痛楚的呜咽刺痛了
我的神经。芬必得缓释
不了的刺痛，使我
再也无法入眠
留医部大楼左侧
一个四季常青的青葱山冈
这方圆不足一公里的小山
另一端是人生的一个
拐点。她是人生的死
胡同，是梦想无法
飞越的殡葬馆火葬场

隔着二号床的老唐

我同一病房
一号病床的病友
这个有着近两百个工人的
私营企业老板，这个
有钱的可怜人，今年才
62 岁。在太阳花合上笑容的
傍晚。他的独子
年仅 28 岁的小唐，住进
另一间医院，承受着
比老唐最初留医时
还要痛楚的无言痛楚
小唐有着才 5 岁
和未满周岁的一对儿女
身材臃肿，喜好美食
不得不应酬的小唐
因脑出血，失去
知觉，住进了人民医院 ICU 室
老唐承受不了，小唐被病魔击倒
留医半个月后，被确诊
已成为植物人，这个
使人绝望，无比
沉痛的打击
一度住进 ICU 室

三

每一个人的内心
都是一座寂寞的城堡
第一次从 ICU 室出来，烦躁

不安的老唐，不时喃喃自语
我小时候挨饿，为了赚钱
我舍了性命艰辛打拼
迎来送往，步步为营
没日没夜照看生意
梳理三角债，应酬大盖帽
害怕阴沟翻船。害怕
被找碴。害怕
被操控。更害怕
人死财空。那近亿资产
那是我父子俩
数亿滴辛酸血泪

面对流逝的时光、生命
他失声痛哭了。面对
枯萎了的生命、金钱
他苍白无力。面对日渐
恶化的健康，老唐
他涕泪交加。我们可
逃避灾难，却无法
躲避时光的磨难
岁月带给我们的疼痛

四

老唐的脸色
比月色更苍白
昏迷的老唐被厚重的玻璃门
再次隔进了 ICU 室。二床的老张说

不知老唐是否还能出来
握着老唐冰冷的手
抚摸着他冒着
冷汗的脸庞和前额。何时
这个寂寞痛苦的人
才能得到解脱。这次
他再住进 ICU 室，也许
他再也没有勇气
在这尘世追逐了。谁又能
一再死里逃生
前往天国的远路，是否
也如这尘世
一样充满变幻。在这
漆黑飘忽的深夜，我希望
能点亮一盏明灯
一灯能灭万年暗
但愿我们的内心
永远不再灰暗

窗台的蝴蝶兰
枯萎了。再度住进 ICU 室前
他昏迷中痛苦呻吟
"我有钱，我不想死，快救救我呀！"
把最苦难的日子挨过去的老唐
深谙潜规则经营财富舍却悠闲的老唐
过上富日子不舍得放弃担忧受怕的老唐
应付钱途父子携手患得患失的老唐
父子的生命之舟搁浅在
金钱的沼泽。那近亿家财是

生不带来，死不带走
纠缠不清的社会财富
作茧者自缚。作茧者
不懂得比陆地广阔的是海洋
不懂得比海洋广阔的是天空
不懂得比天空广阔的是胸怀
不懂得比金钱重要的是健康

五

今夜月色苍白。星光
隐现。是否又有一个
不幸的灵魂，回到了
天国。分不清是痛苦
还是快乐的尘世生活
终于终结了。黑夜的
挂钟在摆动
躲在夜的臂弯，躺在
冰冷的被窝。想着弥留
冷漠的尘世。那一张张
痛苦扭曲的脸。那个
寂寞的人是否
真的有福了？心灵的尽头
不知是否有终站。天空的
眼睛在闪烁。星光
正划破暗淡，月色
那样温柔纯洁

明晚，寒冷的

晚风，将会飘来
哪一种
使人无眠的悲痛

2020 年 1 月 12 日

中山生活（组诗）

孙文公园

我喜欢她闹市里的静谧和绿茵
我喜欢前山，城市中轴线上
矗立的城市坐标巨型孙中山塑像
我喜欢后山，漫山遍野的杜鹃花
还有不避游人的雀鸟
不遮视野的城市美景

你问我，节假日
喜欢去哪儿游玩
我说喜爱到孙文公园散步
我喜欢她色彩缤纷的四季
烦恼时，可细数
地上散落的松果
开心时，可放开双腿
在盘山小路上欢跑
回家时，可抽一片白云
系在阳台随风飘扬

我喜欢孙文公园
如你再大惊小怪
下班后，到山上散步时

我定会随手抓一把鸟鸣
送给身处闹市的你
让你能够迅速安静

白木香沉香

在时间之外
在历史的深渊
白木香，凝香而沉
岭南香山五桂飘香

从彼岸至今
岁月悠悠
已超过 860 年
仿佛又是在昨天
昨天，虽不可留
却余韵绵长
留下你的芳踪
并不是伸手
不可及的缥缈
白木香，香木成林
古香山，香飘十里
你的芳香
惠泽一方
中山，沉香之乡
因你而悠久

在青烟袅绕的阜峰塔
在梵烟萦绕的西山寺

一壶茶、一抚琴
一炉香、一缕烟
母亲一样的白木香
孕育一方的香脂
产自人间的青睐
芬芳，已超过 860 年
仍翘着昔日的晶莹

白木香沉香
永恒，刹那
咏奉献的香
为生命痛快的伤
刹那，永恒

紫马岭

秋天要做的事情
譬如到郊外
譬如到湖畔
譬如到我们中山的紫马岭
悠闲地，近望，远眺
可爱的南方秋色

秋天是散漫和开心
譬如变成蓝天的风筝
与流云为伴，漫无目的
自由自在地游戏
无拘无束的一瞬间
你的欢笑，变成

我微信的一朵笑脸

秋天要做的事情
除了秋收的喜悦
除了自由自在
若有所思的开心
譬如还有……

中山，春风中悄然绽放

当鹅毛大雪的北国
穿着棉袄　堆着雪人
雪橇在苍茫中飞驰
早春三月的中山
山冈田野，已蹦跳出
五颜六色的春花
山水美，自然美，人文美
有着 860 多年历史
宜居的文化名城中山
在春风中悄然绽放

一场孕育春意的寒雨走后
山低水近的花鸟城
绣满了朵朵白云
鸟声滑过城市的天空
天更蓝，更辽阔
当太阳跳上树梢
紫马岭鸟语花香枝头闹
阳光中，大街小巷露出笑脸

攀越围墙的爆竹花笑容可掬
倔强的西山寺红棉笑逐颜开
漫山遍野的杜鹃
映红了孙文公园
岐江河，泛起了
开心的涟漪
那闪烁的波光
那流动的清风
那是我们钟爱一生的幸福

2015 年 8 月

用破一生心（截句组诗）

一

顾影自怜
是你喜爱孤独
或者仇恨孤独

二

没有最好
只有更好
幸福是跋涉中
一种油然而生的情感
得不到的
往往是你最渴望的

三

青春的　欢笑
生命是一个无穷无尽的遥远未来
忧戚的　暮年
生命是一曲短暂的往昔

四

爱又　如何
恨又　如何
既已成云烟
人生匆匆
何必又如何

五

目的达到
欢乐旋即消逝
感官的快乐
已成无聊

六

君子坦荡荡
八面来风
慎防　尘沙伤目
口蜜腹剑

七

理想是良好的愿望
幻想是不切实际的盼望

没了　梦想
人如鸟儿折断了翅膀

八

快乐是一刻千金　乐不思蜀
苦痛是一宵白头　度日如年

走得最快的
是你的　欢乐时光

九

攀摘彩虹
渴望炫目的辉煌
是你年少的心境

世事看得愈轻
幻想一去不返的大彻大悟
是你的晚年臻于完美

十

掩卷慨叹
生是晦涩难懂
命是曲折难测
涉
　河
　　而
　　　过
人也简单
心也简单

2019 年 11 月 12 日

姐妹楼的挽歌

现实发生的
比电影想象更恐怖……

我看见了被骑劫的民航客机
撞向纽约世界贸易中心的南塔
我听见了爆炸声、尖叫声、号叫声
烈焰在世贸中心大厦喷射
那是熊熊的火舌
那是 164 名民航乘客喷出的血箭
那是 5 万多名灾民尖叫的声浪
盯着卫星现场直播电视画面
我的心胸一阵阵抽搐疼痛

伫立 108 观光层俯瞰纽约
曾自豪，凭借现代科技
我在 58 秒钟登上了 107 层摩天楼
轰然倒下的，是你么？
411 米的摩天巨人，灰飞烟灭
我目睹了姐妹楼失去姐妹
我目睹了姐妹楼双双倒塌
恐怖的灾难从天而降
地面上数千名伤难人员、救护人员
被你的伤残身躯活埋

2001 年 9 月 11 日上午，纽约如同
火山爆发般浓烟蔽日、尘埃遮天
同一时间的华盛顿国务院
白宫、五角大楼、国会山庄
连遭数次恐怖袭击
这不是好莱坞天翻地覆的大制作
这是人类史上最大的恐怖事件
我听见世界巨人的揪心嘶叫

血色的玛丽
哭泣的莫妮卡
呼叫的史密斯
颓垣断壁里闪烁的电波，可是
你们发出的呼救声
如山的瓦垣，一片死寂
玛丽、莫妮卡、史密斯
绝望中
你们想到了什么？看到了什么？
是否知道
在金钱是最大的自由的国度里
亦有金钱买不到的东西
是否看到
居里夫人穷尽一生提炼的铀
幻变成了可怕的蘑菇云
玛丽、莫妮卡、史密斯
你们看到了，想到了……

我的心胸一阵阵抽搐疼痛

2001 年 9 月 13 日

荷韵 （情景诗剧）

一、小荷涧

漠漠荷塘　蕉林　小山
渐涂上迷蒙
淅淅沥沥雨声中
那只翠鸟掠起
失了影踪
荷香弥漫了绿野

"小荷涧"半山茶寮
是因你的美丽命名
或因半山的清泉陪伴着
山坡下的无际荷塘而美名

雨后造虹的下午
望着半山幻变的彩虹
我这初学画荷者
为画景成了汪洋而叹息
才抬眼
你的青秀使我永远难忘
是彩霞妍丽了你
或你鲜艳了多情的彩霞
瞬间　我疑惑了

二、画荷

雨水　汗水
交替的日子
沐濯了你的秀气
笔下的荷塘很恬　很甜
某天你说
画中的荷花很美
似那孩童纯真的笑脸
那一刻
多难忘呵
你笑了
我笑了
画中的荷花也笑了

三、鸳鸯

阴霾　暴雨　艳阳
昔日的小荷羞羞答答
如水底跃出的鲜艳句点
眼前重重碧绿
杆杆莲蓬亭亭玉立
迎着晚霞
数只红蜻蜓
水面追逐嬉耍
"画中，荷叶下那双是什么水鸟？"
"是双宿双飞的鸳鸯！"
"噢……"

渐远的一双身影
依偎着晚霞
恬静的水乡
此刻
画中的那对鸳鸯
隐现在荷塘一隅

2020 年 2 月 2 日定稿

坚守心底的善良 (组诗)

——致敬"最美逆行者"白衣战士

以笔为援

在新型冠状病毒肆虐武汉

全国多个省市，被新型冠状病毒攻陷

在这生死攸关面前

一切文学作品，显得多么无所作为

一切歌功颂德和豪言壮语

显得多么苍白无力

在这个文学无用武之地的时刻

我只想拿起手中之笔

用最朴实的语言文字

用最真挚的诗句

记录下许许多多"逆行者"

以性命为代价的请战

当我在微信上，读着请战书的名字

看着"逆行者"亲切的微笑

那些真实的姓名，让我心情澎湃

祖国因为有你们，而亲情无限

我满眶泪水，感恩钟南山

和每一位视死如归的白衣天使

衷心祝愿我们祖国取得胜利

"逆行者"84 岁钟南山

在武汉处于疫情非常时期
国士钟南山,他提醒大家
能不到武汉,就尽量别去
可是就在 1 月 18 日傍晚
84 岁高龄的他,义无反顾地
赶往武汉防疫最前线
再战防疫最前线
他就是那个善良而不怕死的"逆行者"

白衣胜雪

自 1 月 23 日上午 10 时起
湖北省十市相继封城
交通几乎全线暂停
却有一趟驶入武汉的高铁准时到站
这趟专列
载满了各地主动报名的医护人员

除夕的武汉没有下雪,白衣胜雪
在一张张请战书上
被签名和手印填满
"若有战,召必回。"
这是他们共同的信念
全国各地增援武汉的
医护人员约有 6 000 位

我们职业的伟大

写下请战书的医生说：
"不计报酬，无论生死。"
受访的医生对记者说：
"我想保护这座城市。"
一张张青春洋溢的脸庞说：
"心中怕不怕，肯定是怕的，
但这个工作岗位是自己的使命，
自己的职责，我们如果不冲上去，
谁冲上去呢?"

为了穿防护服
十多个90后姑娘自发把长发剪了
她们却一个个笑得灿烂
"我连命都交上去了，更何况头发！"
武汉市90后护士说：
"我没成家，也没有照顾孩子的负担，
大家都在战斗，只有在战场上，
我才能安心过年。"
哪有什么白衣天使
那不过是一群孩子换了一身衣服
她们循着前辈的路，治病救人
在死神手中抢人

在这场人类与疫病的战争中
这 群群白衣战士
就是一往无前的"最美逆行者"
邵阳市一名医护工作者与同事共勉道：

"我从来没有觉得自己有多了不起，
只是突然感觉我们职业的伟大。"

守土有责，守土尽责

厚重的防护服与夜以继日地忙碌
当脱下穿在身上数小时的防护服
他们衣衫早已被汗水浸透
这个年，他们没有团圆饭
而有的是一个简单的盒饭

她是一位母亲
但更是一位护士长
2003 年"非典"，她丢下 8 岁的女儿
毅然决然地走上一线
2020 年新型冠状病毒
她再次把女儿丢在家
只有电话里一句
"发热门诊又启动了，
今晚不回家了，你自己吃饭吧。"

已经记不清在岗多少天了
连声音都熬沙哑了
医疗物资不够
全医院到处都是病人
他心力交瘁却无处释放
只得对着电话里，对催促他回家的家人吼：
"是我不想回家吗？
这边躺这么多人怎么办？"

"我是医务人员，
穿上这身衣服，
我就有责任。"
"我也是人，也会累，
看着满院病人只怨自己无能，
知道你们不会怪我，会包容我，
才敢放心地把气撒向你们。"

当被问到有想到过自己被感染吗？
他只是说："万一的话，
我相信我的同事会救我的，
守土有责，守土尽责！"

坚守心底的善良

都说他们是白衣天使
可谁又不是平凡的普通人
谁没有家人和朋友
谁的生命都只有一次

作为妈妈，她好不容易回来
等了一夜的女儿想抱抱她
一身疲惫的她只说了三句话：
"别抱我，别靠我太近；
我太累了，一天一宿没合眼；
别告诉你朋友妈妈做什么，
怕他们疏远你。"

在疫情中逆行的是他们

签请命书与疫情生死搏斗的是他们
连续数十小时高压工作的是他们
知道同事被感染仍义无反顾的也是他们
自觉与家人隔离的还是他们
他们叮嘱我们多喝水
自己却为了避免麻烦尽量少喝水
这个世界如果有天使
天使也许就是这般模样

在这场没有硝烟的战斗中
有刚生下二胎还在哺乳期的妈妈
有怀着身孕的准妈妈
有耄耋之年的退休医生
他们的身份不一
却有着同一个信念：
捐躯赴国难，视死如归

在这个春天里
朋友们，你看看啊
这个世界虽然没有想象中那么美好
但似乎也没那么糟糕
依旧有着温暖
依旧有无数人坚守着心底的善良

2020 年 1 月 29 日凌晨

美与真的寻觅——王晓波诗歌品读

　　爱是王晓波创造诗美的驱动力量。正是由于他的心中充满对亲人、对故乡、对自然、对人类博大的爱，他才能勃发出不竭的诗情，创造出不同形态、不同格局、不同风格的诗美。

——吴思敬

美与真的寻觅

——王晓波诗歌印象

吴思敬

　　看一位诗人是否形成了自己的抒情个性，就是看他是否有了自己独特的笔调，也就是说，拿出他的诗，将诗人的名字掩去，读者还能认出是他的作品。从这一点来衡量，王晓波是形成了自己的抒情个性的。诗如其人，生活中的王晓波干练、谦和，温文尔雅，他的诗则清新、俊逸，有一种阴柔之美。

　　王晓波身居改革开放前沿的广东，他目睹的底层人民的苦难、改革过程中的酸辛不比别人少，但他不是赤裸裸地揭开伤疤，展览痛苦，而是在苦难的泥土中播撒美的种子，使之成长为诗美之花，从而与现实、与人生相对抗，在苦难的大地上放飞理想，让平凡的生命闪耀出别样的光辉。

　　诗之美，永远是和爱联系在一起的。只有充满爱心的人，才能有独具的眼光，在平凡琐屑的现实生活中发现诗意。尽管"爱"在诗歌中被重复了不知多少次，以致使人已经对这个词感到腻味、感到麻木了，但是，当我在王晓波的《爱回来过》一诗中读到：

　　　在黄昏　在黄叶
　　　倦意飘荡的一刻
　　　在人们感到
　　　生命如白开水
　　　一般　凉时
　　　爱说　她回来过

我还是感到一种久违后的新鲜，也让我想到了泰戈尔《飞鸟集》中的那行诗："美啊，到爱中去寻找你自己吧！"

王晓波写了一系列的爱情诗：《相信爱情》《我叫你梅或者荷》《沉香》《谁能及这青梅竹马》《听雪》《传说》……在这些爱情诗中，与其说他表现了对一位心仪的女子的钟情，不如说是表现了他对一种理想爱情的向往：

> 我是你前世的守望
> 无奈却让你化成了
> 石头　却望不到头
> 盼不了
> 望不见
> 在江边守望千年的一个传说
>
> 你是我无心却相遇
> 无缘
> 却千里寻觅
> 望得见
> 盼不了
> 化蝶双飞的前尘往事

——《传说》

由现世的相遇，到前世的守望，他相信爱情，相信缘定前生，在一种充溢着浓郁古典美的抒写中，一种对爱情的坚贞也就自然流露出来了。

王晓波写给母亲的诗也让人动容。在母亲节到来的时候，他在医院陪护母亲。随着时间由清晨、黄昏至浑夜的流逝，他的思绪也不停地流动，透过一个个时间的截点，母亲的身影似一张张幻灯片叠印在一起：

光芒一再向我涌来，晨曦中
年轻的妈妈背着不愿睡醒的孩童
提着早餐，在崎岖的小路快步

光芒一再向我涌来，夕阳下
中年的妈妈牵着背着书包蹦跳的学童
提着菜篮，在悠长的小路漫步

光芒一再向我涌来，灯影下
年迈的妈妈正折叠衣服整理背包
提着背包，在小巷送别出外奔忙的青年

光芒一再向我涌来，烛光中
苍老的妈妈在雷雨停电的夜晚饲食儿孙
仿佛看到年幼的我……

——《母亲，是一种岁月》

四个时间点，四个特写镜头，把母亲对自己的爱永远定格，烙印在内心深处，也凝结在他的诗篇之中。再如《菩萨》一诗，写母亲到禅城祖庙祈福，请回了一串开光佛珠：

念珠至今在我手腕，已近十年
穿连念珠的绳子断了数次

每次我将这念珠串起佩戴手腕
总觉自己被一尊菩萨搀扶

至这里，才知道这首诗所写的"菩萨"，不是那座庙里的神祇，而是一直在慈爱、护佑着他的母亲。

王晓波心中鼓荡的爱不只是给亲人，同时也投向周围的世界，投向大自然。他笔下的萤火虫成了传递爱的小精灵：

> 紧跟落日的脚步
> 她们提着
> 一盏盏小白灯笼
> 寻觅在村野
> 闪烁在河畔
> 天空绽放的
> 闪闪冷光
> 那是爱的音讯
>
> ——《萤火虫》

当秋风渐起的时候，他唤起的是一种乡愁：

> 起风了
> 秋风渐凉时
> 蓦然回首
> 岁月了无声息地流走
> 日升日落的感触
> 乡愁又占满心头
>
> ——《另一种乡愁》

爱是王晓波创造诗美的驱动力量。正是由于他的心中充满对亲人、对故乡、对自然、对人类博大的爱，他才能勃发出不竭的诗情，创造出不同形态、不同格局、不同风格的诗美。除了上述抒写爱情、亲情、乡愁的诗歌之外，王晓波还把他的目光投向当代，写出了《一条咳嗽的鱼》《另一种乡愁》等紧密贴近当下社会现实的作品。然而不管他写什么，王晓波总是把握住一个"真"字。他知道，美与真有着天然的联系，诗的生命是真实。不过，诗歌中的真并不等于生活经验的照搬，而是如艾布拉姆斯在《镜与灯》中所说，诗的真实往往"偏离经验真实的逻辑"。也就是说，诗是在内在情感的驱动下，对经验的重新组织，与日常经验比起来，有集中、有跳跃、有偏离、有变形，体现的不是现象的直观，而是心灵的真实袒露。诗人不只是以诗人的身份对各种社会现象发出了振聋发聩的审问，更以勇于承担的精神，展示了其宽阔磊落的胸怀，如《一条咳嗽的鱼》。此诗写一条河里的鱼，想逃离黏滞的积水、腐臭的河流，便蹦高跃龙门，成了一条在城里用鳃呼吸的鱼，然而"在行人不见路/城中不见楼的/雾霾里/一条没法/高兴的鱼　终日/咳嗽不止"，于是又想回到河里。临到结尾，诗人还不忘调侃一句"可别忘了/出门佩戴口罩"。此诗带有荒诞色彩，但是透过这条可笑的鱼的经历，读者感受到的是在环境被污染的情况下人们的窒息、愤懑与无奈。

王晓波在追踪诗神的道路上不停地奔波，不知不觉已步入中年。蓦然回首，一种沧桑感油然而生：

> 时光如染　如雕刻
> 今日你我相逢不识兄弟旧时样
> 今日你我　两额斑白
> 我们都是岁月的艺术品
>
> ——《艺术品》

这是诗人为自己镌刻的一幅小像：青春已逝，两鬓飞霜，棱角分明的面部，如同刀刻一般。诗人为韶光的流逝而慨叹，也为诗歌创作中经历的坎坷与无助感到痛苦。但是他没有后悔，这是因为他在寻觅诗的真与美的过程中，不只感到压力与痛苦，同时更感到一种幸福。他说过："阅读诗歌可以分享幸福，创作诗歌同样是一种幸福。诗歌给幸福插上了翅膀。"实际上，诗人在创作过程中感受到的痛苦与幸福有着极密切的内在联系，正像古巴诗人何塞·马蒂在一首诗中所说的：

> 痛苦使大海枯竭，乌云密布，
> 这有什么要紧？
> 诗句即是甜蜜的慰藉，
> 它从痛苦中轻快地升起。

（吴思敬，著名诗歌理论家，首都师范大学文学院教授、博士生导师，中国诗歌研究中心副主任，《诗探索》杂志主编，中国当代文学研究会副会长，中国诗歌学会副会长）

"新古典"的诗学理想与艺术实践
——王晓波诗歌近作读感

张德明

中国新诗自草创至今，已有超过百年的发展历程。其间，有关这种文体的认知观念林林总总，不一而足；对其进行的创作资源的寻找和艺术手法的创新，也可以说纷纭如雪，并各成其美。在这众多的新诗技法探路与创作尝试中，新古典主义应该算是一种较为显在的美学路径，不少诗人在古典诗歌传统和现代白话诗歌中觅求着嫁接和沟通的有效通道，希图用古典的诗歌资源照亮新诗前行的路途，由此构建出的新古典主义诗学理想在百年新诗园地里不断开花结果，对中国新诗的发展做出了不小的贡献。举例来说，二十世纪三四十年代的梁宗岱、吴兴华等人，就在新古典主义的艺术表达上有着不俗的作为。新时期之后，张枣、柏桦、陈东东等人，都向诗坛先后提交了具有新古典主义气质的诗歌文本，如《镜中》《在清朝》《雨中的马》等。而二十世纪五六十年代的台湾诗坛上，也出现了不少融古典精神与现代气质于一体的诗作，著名的如余光中《等你，在雨中》《白玉苦瓜》，洛夫《与李贺共饮》，痖弦《红玉米》《秋歌》，等等。在新世纪中国诗坛，陈先发、胡弦、李少君等人的诗作，从某种程度上说都是具有着新古典主义的艺术特质的。由此可见，新古典主义诗歌美学在百年新诗中已经取得了突出的成绩，而且至今都体现出强大的生命力。

在中山诗人群体中，王晓波的诗歌是较有特色的，而这种特色与他一直坚守的新古典美学理想和持之以恒的艺术实践关系甚密。

青年学者杨庆祥曾这样评价说："王晓波的诗歌深受中国古典诗歌美学的滋养，他善于在意境的营造中抒发个人的情思。在其一系列诗歌中，都能读到一个迂回徘徊的抒情主体，他一切景语皆情语，一切情语皆私语。这使得王晓波的诗作自成一体，在修辞、节奏和情绪中，构成了有其个人气息盘旋的诗歌世界。"这个评价是极其精准的，尤其对王晓波在艺术准备上所具有的古典诗歌美学滋养、在诗歌表达上"善于在意境的营造中抒发个人的情思"这两点的概述，可谓相当到位。在我看来，正因为王晓波用他的诗歌创作充分实践了其信奉的新古典诗学理想，所以从新古典的理论视角上来分析与阐述其诗歌就显得格外贴切和有效。通过对王晓波诗歌中所呈现的新古典主义艺术特征的概述与分析，不仅可以展示出诗人在当代诗坛独具精神气度的一面，还可以为新诗艺术手法的创新以及各种创新可能存在的某种审美误区等问题，提供一些可资借鉴的思考和回答。

新诗如何继承和借鉴古典诗歌传统，这是百年新诗发展中各个时期的诗人们一直都在思考和探究的问题。诗人陈东东曾说过："古典传统作为新诗的一种写作资源和写作材料，只有在新诗的价值和美学系统里运用才会真正被激活。"对此我是比较认同的。新诗能否将古典诗歌传统所具有的有利于新诗发展的诗性潜力挖掘出来，关键在于当代诗人是否能将这种传统有效纳入自身的价值谱系中，并从意象、意境到古典情绪、古典精神等多方面全方位地汲取和化用它。从这个角度说，王晓波崇尚"新古典"的诗歌写作就具有了某种值得肯定的积极意义，他的新古典诗学理想和创作实践，因而值得我们进行深入的探究和阐发。

在实践新古典的诗学理想中，王晓波做了较为长久的艺术探索和写作尝试，这首先表现在对古典意象的使用上面。在王晓波的诗里，那些散发着古典韵味和精神气质的意象可谓俯拾即是，极为丰沛，它们在诗歌文本中的不断现身，增强了诗作的古雅气质，给人一种古意氤氲的阅读感受。如这首《五月》：

草色凝碧，一只蝴蝶飞临

烈日下，木棉果荚破裂

花絮满天飘舞

茫茫飞絮，恰如夏日飞雪

此时蝉唱，喧噪热闹了岭南

推舟。顺水而下

摆渡船上，回眸处

深陷，记忆里的昨天

蹉跎许多不再复返的梦想

暮色苍茫，星空下

隐隐听闻一只蟋蟀，欢快地

和由远而近的一列高铁

错落有致地唱和

在这首诗里，"蝴蝶""飞絮""蝉唱""舟""暮色""蟋蟀"等意象，都是古典诗歌中常见的美学元素，具有较为显在的古典美学气质。这些充满古典韵味的意象在诗歌中的高密度出现，使整首诗都闪烁着雅致典丽的精神光泽，透射出迷人的古典人文气息。尽管在这首诗中，也出现了"高铁"这样具有现代性力度的审美意象，但因为这样的现代意象数量甚少，因而无法冲淡整首诗所营构起来的古典氛围，现代化意象不过成了古典意象谱系的一个协调物和变奏品而已。从另一方面来说，"高铁"这样的现代意象，数量虽少，但又是不可或缺的，具有着较为显在的美学功能，正如学者白杰所云："新古典主义正是在古典与现代的差异及张力间掘取创作动力的。"也就是说，由于现代意象在古典意象群体中的现身，整首诗才呈现出不可忽视的诗学张力，在这种诗学张力之中，新古典主义才获得了属于自己的艺术生命力。

苟求地说，如果一首诗太倾向于对古典意蕴的迷恋，全用古典
词汇和古典意象来表情达意，那么就很有可能会迷失现代诗所需要
的某些精神质素，同时也导致诗性张力的弱化。这是我认为王晓波
的诗歌中还可以进一步改进和提升的地方。比如《无尽的爱》：

杨柳依
落霞飞
断桥相送不忍离

山伯啊
此去别离何日逢
英台心结成恨史
乐韵扬，情丝长
千年爱情
随琴乐翻飞

鼓声擂，声声唤
沉思中抬首
却见那双可怜人
花间化蝶
将凄婉谱成琴韵
聆听中一片嘘唏

这首诗写得情意缠绵、格调别致，倒是蛮有特色。只不过，因为整
首诗全用古典意象，缺乏必要的现代意象的渗透与调配，因而诗歌
的诗性张力还不充分，有陈词滥调之嫌。这需要诗人在艺术观念和
语言表达上进行适当的调整与处理，才能让诗歌凸显出更为强烈的
现代性来。好在这样的创作瑕疵，在王晓波的诗歌文本中并不算多，
其暴露的弊端也是很容易克服的。

其次，王晓波的诗歌往往以营建圆融恬静的幽美意境见长。通常来说，营造诗歌意境是古典诗歌中常见的一种艺术技法，在新诗创作中并不多见。不过，在新古典主义诗歌表达之中，意境的营造和氛围的渲染，倒是时有出现。在《传统诗美的现代变奏——洛夫新古典诗透析》一文中，学者尹耀飞评析洛夫的新古典诗歌时，这样写道："中国传统诗歌美学特别重视意境美的营造，即'以景语写情语'，以达'状难写之景如在目前，含不尽之意见于言外'的艺术境界，以致有'意外之旨'，'韵外之味'。"这种概述是较为准确的，洛夫诗歌的新古典美学特质正是通过这种意境美的营造来达成的。王晓波受洛夫诗歌的影响很深，在创作实践中也步洛夫后尘，特别讲究对诗歌意境的精心营造。如《听雪》一诗：

又听到雪花簌簌飘落的声音了
漫山遍野天地无垠雪白　当我推开车门
当我触摸着飘雪置身生命里的素色
我曾思量假若雪花有天袅娜在你发梢
这爱情是否比世上最纯洁的花还要纯粹
多年后回望那洋洋洒洒纷飞旷野的大雪
多遗憾你没有和我共同沐浴雪花的快乐
某年某日你远赴　雪国
我却安坐北回归线以南的岭南一隅
遥想多年前大兴安岭雪原的大雪
不知是安恬宁静开心　还是遗憾
你听听　多年前纷飞的大雪
现在还是开出了禅意的雪莲

纯洁宁谧的雪意世界，充满了谐和与沉静之美的生存空间，被诗人以如椽之笔描画出来，这里有茫茫雪国的曼妙风姿，更有刻骨铭心的爱情魅惑，还有启人心智的佛理禅意。那诗意盎然的意境之美足以让读者心迷神醉、沉浸其间而不得自拔。

当然新诗创作中的新古典主义美学，并不是希望现代诗人毫无自主地回到传统之中，从而把一首现代诗写成古代诗，而是希望诗人能有意识地向古典诗歌传统学习，借鉴和化用传统，以丰富现代诗的艺术表达，这正如洛夫所提醒我们的："一来传统是不可能回去的，二来向古典诗借火不过是一种迂回侧进的策略，向传统回眸，也只是在追求中国诗现代化过程中的一种权宜而已。"也就是说，在意境的营造上，现代诗并不是要追求对于古典精神的某种机械复制和简单重现，而是借用意境美学的营建，表达现代人的存在境遇和精神特质。在此方面，我认为王晓波还是有着清醒的认识和美学的自觉的，他在诗歌意境的写照中，往往会将自己的现代知识储备、现代生活体验和现代生命意识渗透其间，以突显新诗的现代气质。如《天使的翅膀》一诗：

> 曾以为，一颗土终极为浮尘
> 飘荡，失落，在天地间茫然
> 今晚，苍穹深处
> 半弯新月沉吟，以爱为铺垫
> 一颗土，竟熵变成闪烁的星星
> 一颗土，长出天使的翅膀
> 飞翔天际
> 璀璨夺目如与一场花开相遇

诗歌中呈现的对于宇宙时空的认知，无疑是一种突出的现代意识，而有关"熵变"的现代知识，显然只有现代人才可能具备，正因为这些现代质素的存在，诗歌营造的情绪飞扬的爱情境遇，才没有淹没在古典的气息之中，而是呈现着鲜明的现代色调。

与此同时，我们还能从王晓波的诗歌中，发现那种令人迷恋和心生感动的善美之情。王晓波是一位懂情和知心的优秀诗人，他真心希望自己的诗歌能幽幽散发出善良和美好的思想与情感，给人们带来更多的欢乐和幸福。在诗集《骑着月亮飞行》的"后记"中，他曾说道："诗歌是渲染着情感的文字，诗歌是关于心灵的一种艺术，是需要心灵的感触，才能使读者与作者产生共鸣的一种艺术。阅读诗歌是一种幸福，创作诗歌同样是一种幸福，诗歌为幸福插上了翅膀。"可以说，他的所有诗歌，都是围绕着这种诗学追求而展开的，这些洋溢着善美之情的动人诗章，也因而构成了他实践其新古典主义美学理想的有机组成部分。

在《接近幸福》中，诗人如此道来：

> 并肩穿过夏季长长的走廊
> 海天，还像以前一样蓝
> 秋风轻漾着静美。侧耳倾听
> 每一朵浪花绽放
> 每一次云过潮来的细语
> 云端传来的嘈杂
> 不知是哪一种海鸟
> 正大着嗓音歌咏着未来
> 海语路，人与天海相随
> 生命一步步接近善美
> 做一个接近幸福的人
> 海语路，无法一挥而就

在诗人眼里，"接近幸福"的人，会拥有一片美丽的风景，在这风景里，有蓝天，"海天，还像以前一样蓝"，有秋风"轻漾着静美"，有浪花的悄然绽放，还有"云过潮来的细语"，所有这一切构成的美丽风景，又与这接近幸福的善美之人相互衬托，互相辉映。在诗人眼里，接近幸福的人应该都是"善美"的，而善美的人才更有可能"接近幸福"，这种思想话语里，是暗透着新古典的某种生命哲学的。

　　在古典诗歌里，赠答酬谢之作是相当丰富的，这从一定程度上体现了古代友朋之间伤别离、重情义的情感特征，而这情感特征里，无疑包含着善良的祝愿、美好的期许等丰富内涵。可以说，表达善美之情，构成了古代赠答酬谢诗歌的一种基本的情绪演绎策略。基于新古典的诗学理想，王晓波也钟爱这种赠答酬谢诗的写作，他曾为不少知心朋友写下了这类诗歌，如《沙漏——致诗人洛夫》《冬春书简——致诗人刘川》《铁观音——致诗人霍俊明》等。请看《沙漏——致诗人洛夫》一诗：

> 暮色四起
> 雨雾，冉冉飘散
> 一轮皓月落在
> 粼粼波光的映月湖畔
> 游鱼摇曳着斑斓
> 你是随风的
> 一缕荷香，一闪而没
> 没法触摸的思绪
> 万象皆由心生，五蕴皆空
> 谁人正游向永恒
> 时间在瓶里，滴溜溜地转

　　王晓波与诗人洛夫是忘年之交，洛夫生前与晓波交往密切，彼此间心投意合。在这首赠老朋友洛夫的诗里，王晓波一如既往地使用了不少古典的意象和语汇，将一种珍惜友情的意绪含蓄地表露出来，同时也流溢出对于时光飞逝、生命无常的某种感叹。诗歌因此既显露出新古典主义的诗性之美，又透射出看重友谊、感叹时光的善美之音，读之如倾听一曲《高山流水》，心波荡漾，久久难平。

　　在新古典主义的艺术道路上，王晓波已经历了长久的探险与跋涉，他的诗歌也逐渐体现出相对成熟和稳定的风格特征，概括地说

就是语词典雅、情感婉约、诗风清丽的美学风格。不过，一种风格
在诗人身上的完型，既使这个诗人的创作趋于定型，从而体现出一
定辨识度，也有可能对其在创作上具有的更为丰富的艺术可能性产
生某种阻碍乃至遮蔽，这对诗人文学空间的生长来说，也许并不是
完全有利的。好在诗人王晓波对此有着足够的警惕，他并不完全为
新古典的诗学规则所限，而是不断进行新的艺术尝试，适时对既成
的文学格局做努力的突围。他的一些有别于"新古典"的诗歌，便
是其艺术突围之作，如这首《电脑案件》：

> 我在顶先进的联想电脑上
> 听到了"咔嚓""咔嚓""咔嚓"
> 三声轻响
> 荧屏显现灿烂的星闪
> 眼前已漆黑一片
> 在未发现"案件"的一刻
> 奔腾四处理器已被夺命
> 这事发生在联想电脑上
> 我产生更多的联想
>
> 我知道黑客潜伏门外多时
> 我知道现代犯罪无处不在
> 我知道世上有许多无法揭开的黑幕
> 我知道人心惟危不是危言耸听
> 我知道……
>
> 这一刻
> 我这个20世纪90年代法律系
> 毕业的大学生不知所措
> 我该向哪一个部门

起诉哪一位

　　诗人运用丰富的想象和幽默调侃的笔调，将现代生活事件巧妙编织进诗意表达之中，借助新诗这种文学文体来有效处理现代人的生活境遇和精神世界，从而使诗作彰显出浓郁的现代性精神气质来。这样的诗歌或许并不完全符合诗人一贯信奉的新古典主义诗学理想，与诗人的既有风格并不匹配，但又无疑体现着诗人艺术创作上的巨大潜力，也构成了对诗人定型化（模式化）的既有风格的有效突破。在我看来，就艺术世界的丰富性建构而言，这类诗歌的尝试也是不乏意义的。

　　（张德明，著名诗评家、诗人，文学博士后，岭南师范学院文学与传媒学院副院长、教授，南方诗歌研究中心主任，西南大学中国诗学研究中心客座研究员，全国中文核心期刊评审专家）

日常佛，或心灵彼岸的摆渡
——读王晓波的近作

霍俊明

回到当下的诗歌现场，这似乎是一个热闹无比的时代，尤其在新媒体和自媒体的推波助澜之下，诗人的自信、野心和自恋癖空前爆棚。面对着难以计数的诗歌生产以及日益多元和流行的诗歌"跨界"传播，诗歌似乎又重新"火"起来了，似乎又重新回到了"公众"身边。但是凭我的观感，在看似回暖的诗歌情势下，我们必须对当下的诗歌现象予以适时的反思甚至批评。因为在我看来，当下是有"诗歌"而缺乏"好诗"的时代，是有大量的"分行写作者"而缺乏"诗人"的时代，是有热捧、棒喝而缺乏真正意义上的"批评家"的时代。即使是那些被公认的"诗人"，也是缺乏应有的"文格"与"人格"的。正因如此，这是一个"萤火"的诗歌时代，这些微暗的一闪而逝的亮光不足以照亮黑夜。而只有那些真正伟大的诗歌闪电才足以照彻，但这是一个被刻意缩小闪电的时刻。

王晓波的一部分诗涉及当下现场和回溯性记忆交织的"乡土经验"，比如《南行车流》《问月》《家书》《新月》《心雨》。这对于王晓波而言带有本源意义上的根性，甚至成了命脉。在体会到这类诗歌的情感容量和精神势能的同时，包括王晓波在内的诗人也要注意此类诗歌在当下的写作难度。当新世纪以来诗歌中不断出现黑色的"离乡"意识和尴尬的"异乡人"的乡愁，不断出现那些在城乡接合部和城市奔走的人流与远去的"乡村""乡土"不断疏离时的焦虑、尴尬和分裂的"集体性"的面影，我们不能不正视这作为一种分层激烈社会的显豁"现实"以及这种"现实"对这些作为生存个体的诗人们的影响。由这些诗歌我愈益感受到"现实感"或"现实想象力"之于诗人和写作的重要性。试图贴近和呈现"现实"的诗作不是太少而是太多了，而相应的具有提升度的来自现实又超越现实的具有理想、热度、冷度和情怀的诗歌却真的是越来越稀有了。在众多的写作者都开始抒写城市化境遇下的乡土经验和回溯性记忆的时候，原乡和地方的抒写难度被不断提升，而我们看到的却是越来越多的同类诗歌的同质化、类型化，这进一步导致了诗歌之间的相互抵消。具言之，很多诗人没有注意到"日常现实"转换为"诗歌现实"的难度，大抵忘记了日常现实和诗歌"现实感"之间的差别。过于明显的题材化、伦理化、道德化和新闻化也使得诗歌的思想深度、想象力和诗意提升能力受到挑战。这不是建立于个体主体性和感受力基础之上的"灵魂的激荡"，而是沦为"记录表皮疼痛的日记"。很多诗人写作现实的时候缺乏必要的转换、过滤、变形和提升的能力。而这需要的就是一种诗人重新发现的能力，再写作什么劳作、母亲、伟大、眼泪、炊烟就显得有些滑稽，说得再严重些就是诗歌写作的无效性。确实，当下中国的社会与文化转型（比如城市化进程、生态危机、乡村问题）使得诗歌写作必须做出调整和应对，甚至一定程度上对赓续得根深蒂固的写作模式和诗歌观念进行校正。

王晓波处理的多是与个体视域相关的城市化境遇下的日常性场景以及关联其上的精神生活，而日常生活多像是一杯撒了盐花的清水！我们更多的是看到了这杯水的颜色——与一般的清水无异——但是很少有人去喝一口。阴影往往是寂静的！颜色的清和苦涩的重之间人们更愿意选择前者。而诗人却选择的是喝下那一口苦涩，现实的苦涩，也是当下的苦涩。当然，还有历史的苦涩！而诗歌只有苦涩也还远远不够！具体到王晓波的诗歌，他的诗歌更多的是处理个体的生命经验和精神生活。这方面的代表作是《另一种乡愁》。值得注意的是日常生活和精神生活之间的对应关系，在很多人看来二者是各自独立的，但是在我看来它们是彼此打开、相互呼应的。尤其是对于诗歌写作而言，日常生活和文本中的精神生活是有差异的，也就是说作为精神生活、语言和修辞化的文本生活空间有其特异之处。在我看来诗歌中的日常生活介于现实与寓言之间，更是像一场白日梦式的景观。而王晓波近期的诗歌写作就体现了这一点。日常佛，或心灵彼岸的摆渡，这是我阅读王晓波这组诗歌的一个突出感受。日常佛，具体到王晓波的诗歌并不是题材意义上的，也不是说他的诗歌与佛教题材或宗教文化有着什么关系，而是要强调"日常"与"精神"（"佛"只是一个借喻和代称而已）之间的复杂关系——精神和"佛"并不在日常生活之外。与此同时，心灵的彼岸意识又是生命诗学最为显豁的命题。王晓波的诗歌大体离不开当下经验和生命意识，而又有一条精神红线在牵引着他向高处和远方眺望。这既是情感性、想象性和愿景式的，又是与城市化时代整体的生存境遇直接联系的。而就诗歌的表达方式和修辞技艺而言，王晓波也不是一个追新逐异者，而是一个老老实实的写作者。他的诗歌不乏抒情性甚至不乏外在的耳感，这在以叙事为圭臬的时代多少显得"老旧"，但是在另一个写作向度上而言这又未尝不是维护了诗歌话语的多元性。在一个寻求深度和复杂性以及写作难度的今天，一部分诗人却大体忽略了真实的生命体验。就王晓波近年的诗歌写作而言，这些诗作大体呈现的是诗人的主体精神和情感状态，是生命与语言以及存在在临界点上的相互照应。当然，值得注意的是王晓波的个别诗作显然有古诗词资源的借用，这是一把双刃剑。尤其是对于古诗词和成语、固定意象的使用还是要谨慎与适度，反之容易被吸附进去而丧失了诗歌个性以及诗人的个体主体性。

在王晓波的诗歌中，我感受到的是日常生活和精神图景的一次次叹息，一次次返回，一次次不舍。也许，在诗歌的记忆和精神层面，这些诗歌的精神能量不只是一个人的，而是具有了某种程度的普适性了。与此同时，王晓波的这些诗句语调是缓慢的、日常的、不事张扬的，但是最终的效果却炽如火焰和寒噤的并置。我们在感受到温暖萦怀的诗人精神愿景的同时，也不得不正视他提供的往日景象背后化不开的情结。王晓波在属于他的场景和形象中用文字浇筑成了一个纪念碑——生命个体的时间纪念碑。也许它不高大，但是足够坚固，足够容纳一个人时间和记忆的全部。这就足够了！这就是日常神，这就是精神生活的彼岸。而诗歌就是其间的摆渡者！

（霍俊明，著名诗评家、诗人，文学博士后，《诗刊》杂志副主编，中国现代文学馆首届客座研究员，首都师范大学中国诗歌研究中心兼职研究员，台湾屏东教育大学客座教授）

问谁意匠惨淡经营中

——读王晓波诗歌后

刘荒田

我在青春和中年狂热地写诗20余年，后来厌腻于自己无诗思时的焦虑，改写散文随笔，但读诗已成习惯。从去年起，微信上王晓波的诗，多次激发起我的兴趣。开始于这样的美妙偶遇——一首短章，篇名"菩萨"，无意间"刷到"，咦，有意思！不动神色，却内劲逼人，不曾注意作者，因为那不重要。瞬息间的审美愉悦，一如漫步林间，悠然回头，一轮明月剪影般贴在柳条之上。从此，我喜欢上了这位有韧劲、有才气、有根底的诗人。

读王晓波诗多了，遂琢磨：为什么喜欢？答案是现成的——感人。当今诗丛芜杂，有读了恶心的诗，如矫饰的，如得意扬扬地拍马屁的；有干巴巴的诗，如读了替作者着急的。但王晓波的诗，阅读的反应常常是这样的：先是"正中下怀"的"知心"之感，须稍加沉吟、体味；接下来，方是后劲绵长的感动，有时候，要赔上几滴不怎么体面的老泪。

王晓波的诗歌以"深情"著。或问，诗必以情感人，现代诗难道有例外吗？答曰：有是有的，如着重于讽喻的诗，宣扬哲理的诗。王晓波诗歌的精彩篇什，乃是才露尖尖角的小荷所擎的一颗浑圆露珠，是以被拟物化、拟人化的意象浸泡的醇酒，是回甘绵延不绝的上好橄榄。

大略而言，王晓波的诗歌的"情"，具有以下特点：

一曰：饱满。

"情"之为诗的血液，饱满才具震撼人心的力度。情感干瘪、疲软、苍白，则诗境难以推进，诗眼难以呈现。

且看《爱回来过》：

再美的鲜花也会凋零
再美的青春也会老去
再美的影剧也会结局

可是爱说
在你累了　在时光停滞
神思空白　无言的时刻
风说
爱跑得比飘浮的叶子快
爱回来过
爱说　你如她一般年轻
爱说　她回来过
爱说　你如信仰一般年轻

在黄昏　在黄叶
倦意飘荡的一刻
在人们感到
生命如白开水
一般　凉时
爱说　她回来过
有缘的人　总会遇见
爱回来过
我想
你定如她一般美好

　　具体而言，这是对一场早已消逝的恋爱的凭吊；普泛地说，这是对世间一切必然被时间消解的爱恋的挽歌。复调的咏叹，一路散发沧桑感。人间有众多的"必然"——鲜花凋零，青春老去，影剧落幕，好在总归有不复存活的"爱"的抚慰——它"回来过"。其实，爱不曾老去，它"跑得比飘浮的叶子快"，依然如"她"，如"信仰""一般年轻"。它在你厌倦了"白开水"般的生命时归来，告诉你：有缘的人，总会遇见。我设想，以磁性的嗓子，向失恋者低声朗诵这一首圆润的诗篇时，对方靠着"爱"的肩膀，喃喃道：是啊，有过就是永恒，"你定如她一般美好"的。

　　再看《新月》，场景是两个"分别"。第一个：外出打工八九年的中年人，即将离开山村。诗里的父亲或母亲没有叮念，"只有一滴混浊的老泪/落入我的行囊"。正是这一滴泪，激励打工者，"再苦再累也撑挺过去"。第二个：老人家来城里看望儿子和孙儿，明天就要离开，"抱着才满周岁的孙儿/你用粗拙的手/抚爱着他幼嫩的脸/望着我/心疼的一句/'在外奔忙，别耽搁了孙儿！'""上有老，下有小"的打工者这般感慨："望着你渐弯的腰背/真害怕孙儿的体重/把它压成半弯的新月"。读到这里，谁不被这"新月"感动？厚如土地一般的亲情，并不剑拔弩张，却足以激发你心弦强烈的共鸣。可见，情的饱满，并非外在的张扬，而是内敛的诗质。

　　二曰：别致。

　　且看《菩萨》：

乡间千年传说，到禅城祖庙祈福
能给五行缺水的人添福消灾

返乡前，母亲诚心去了一趟祖庙
添了香油请了开光佛珠

念珠至今在我手腕，已近十年

穿连念珠的绳子断了数次

每次我将这念珠串起佩戴手腕
总觉自己被一尊菩萨搀扶

这是匠心独运的妙品。母亲听说"开光佛珠"能够给五行缺水的儿子添福消灾，就去佛山祖庙"添了香油"请了一串。那是十年前的事了，诗人每天戴着，"穿连念珠的绳子断了数次"。前面的平铺直叙，是为感情的洪水"筑坝"，最后两句才是肆意奔泻："每次我将这念珠串起佩戴手腕/总觉自己被一尊菩萨搀扶"。念珠在手腕，菩萨在心。"搀扶"诗人的岂止是慈悲的菩萨？难道不是永恒的母爱？

"具体"的诗固然别出心裁，概括性较强的诗，因被人写了千万遍，出新更难，诗人也举重若轻。《传说》是歌颂普遍的爱情的佳作。

首先列举古典的爱情传说：

哪年哪月
那个桂子飘香的牵手晨曦
那个荷香渺渺油桐伞下的午后
那个花灯中烟火里的元宵
那个石头记里的西厢往事
那个死与生又生与死
那个打不成又解不开的结

众多感动了一代代人的不朽之爱，化作石头，"在江边守望千年的一个传说"，传说望不到头，盼不了，望不见，因其太古老，太缥缈，也太丰富。好在，诗人终于顿悟："望得见/盼不了/化蝶双飞的前尘往事"，相遇只在"无心"之间，毋论有缘与否，均须"千里寻觅"。爱若不艰难，不遥远，怎么配得起诗人的至情咏叹？最后收官："刹那的思绪如电闪/现世的我/惊疑前世/一个个遥远的爱情传说"。没有判断，没有点题，全诗所道，是寻觅的过程。我被它牵引着，进入对亘古的爱情的思考，完成一次祭奠。

三曰：余韵。

情感的笔酣墨饱，不等于一览无余。好诗必须经得起咀嚼。读者的回味，是作者殚精竭虑的劳作之后的接力，而"橄榄"的提供者，是诗人。

王晓波的诗，重节制，点到即止，所以有后劲。惨淡经营的短章亦然，且随手举《江南》：

江南，多荷多莲

荷叶田田倚天碧

总是错把每朵红莲

看成伊羞红的笑脸

又把随风的那朵白莲

看成伊盈盈的背影

多蜻蜓、多蝴蝶

又多燕子的江南

再仔细也分不清

哪一只是伊

好想，问一问

那飘逸的风筝

伊却缠着那根绳线不放手

有古诗《江南可采莲》和余光中名作《莲的联想》的影子，然而并非陈陈相因，它是诗人的创造。伊人出现在莲的江南，教诗人犯了糊涂，把每朵红莲认作她的笑脸，把每朵白莲看作她的背影。那么多的蜻蜓、蝴蝶和燕子，到底哪一只是伊？诗人欲发问之际，只见她在放"飘逸的风筝","缠着那根绳线不放手"。诗到这里，戛然而止。"线"指向什么？她对任何人好奇的凝视都不在乎吗？她的心另有所向，她别有寄托吗？随你发挥。诗人只表现美丽女孩在江南的姿态。

至此，想起木心诗《失去的氛围》的结尾：

失去了许多人
失去了许多物
失去了一个又一个氛围

遂以为，诗人王晓波，可以效放达而自由的魏晋名士，对失去了众多真挚情感的人间宣告：

情之所钟，正在我辈！

（刘荒田，广东台山人，现居美国旧金山，系美国华文文艺界协会第四届会长，当代著名散文家、诗人）

蕴藉古典美感的现代抒情诗歌

——王晓波诗歌阅读札记

杨汤琛

在崇尚异质性写作，并对泥沙俱下的扩容式书写抱有普遍兴趣的当下诗坛，王晓波质朴而古典的抒情诗仿佛一串悠远的民谣，它从古典诗词歌赋中款款飘来，真挚而优美，既呈现了蕴含中国传统之美的诗意、诗境，又细致入微地呈现了现代个体的情感维度与噬心体验，其古典与当下、传统与现代的混融一致使之成为古典抒情传统在现代有效转换的重要诗歌样本。

罗兰·巴尔特曾说："古典时代的写作破裂了，从福楼拜到我们时代，整个文学都变成了一种语言的问题。"① 印之当下新诗创作场域，亦然如此，如果说雪是雨的精魂，那么，语言便是诗歌的精魂，言为心声，特别是对于迢述情志的抒情诗而言，语言更成为我们辨识诗人面目的重要印记。王晓波的诗歌语言醇厚、古雅，既夹杂现代的情绪、旧时代的风情，又兼得古诗词的中正，如《相信爱情》一诗，不但用典考究、诗词歌赋信手拈来，而且毫不违和，诗人以融古典于笔端的丽辞典故对当代爱情进行了深情吟咏：

> 在空山新雨后几度怅望
> 在浔阳秋瑟中几分相送
> 隔着多少春秋　千百度　遥望

---

① 罗兰·巴尔特著，李幼蒸译：《写作的零度》，《符号学原理：结构主义文学理论文选》，北京：生活·读书·新知三联书店，1988 年，第 65 页。

枯禅苦等中

洒落了多少唐风宋雨

佛说缘定前生　几多前尘往事

几回人闲桂花落

千百次凝眸换来今生的擦肩

浮生多变

别问　别再问

今生相遇是缘是劫

几度彩霞满天

几许风雨满途

撑伞默然走来

盼只盼　能与你途中遇见

相信爱情　相信未来

你我能在途中遇见

只盼与你途中遇见

　　上述诗作写得婀娜多姿、跌宕有致，其中化用了王维、白居易、戴望舒等前辈的诗情诗境诗语，不仅如多宝楼台般炫目地构造了有关相思、苦恋、错过等古典爱情场景，而且在古典诗词歌赋的语言化用上体现了作者炉火纯青的功力。空山新雨直接取自王维的《山居秋暝》，本意是对隐逸之地的诗意描绘，这里被诗人巧妙衔接于爱情之相思的"怅望"，古老的语言在创造性的缝合间迸发了新意，而"空"与"怅"的词语对举则让开篇之句包孕了回环无穷的意蕴；同理，第二句的"浔阳秋瑟"化用了白居易名诗《琵琶行》的首句"浔阳江头夜送客，枫叶荻花秋瑟瑟"，诗人择取"浔阳""秋瑟"两词，不仅诗语由此沉淀了历史风尘而愈发古雅，而且巧妙地将千年前的送别之景与当下的情人相送进行了场景折叠，亦真亦幻、亦古亦今，时空交错间，别离因历史的厚度而更意味深长；另诸如"几回人闲桂花落""撑伞默然走来"等语都隐隐回响着王维的禅意、戴望舒的深情，王晓波如语言魔法师，将古今诗语进行复杂化合、变形，造就了这首深情绵邈的当代抒情杰作。

> 江南，多荷多莲
> 荷叶田田倚天碧
> 总是错把每朵红莲
> 看成伊羞红的笑脸
> 又把随风的那朵白莲
> 看成伊盈盈的背影
> 多蜻蜓、多蝴蝶
> 又多燕子的江南
> 再仔细也分不清
> 哪一只是伊
> 好想，问一问
> 那飘逸的风筝
> 伊却缠着那根绳线不放手
>
> ——《江南》

古语的化用、言辞的考究是王晓波诗歌古意盎然萦回、繁衍的特定物质，亦构筑了属于王晓波诗歌独有的古典气息与文化场域，《江南》一诗仿佛诗人将时光追溯至思无邪的上古时代，又悄然一瞥，将眼底波影投向了五四时期做着青春之梦的湖畔诗人之上，千年的江南绵延至今，不仅是文人的梦乡，更是文化的故乡。

《汉字》一诗思接千载：

> 我的字里花飘香
> 我的字里见荷塘

我的字里散浮云

我的字里有造纸术
我的字里见北斗司南
我的字里有夸父逐日女娲补天
我的字里有愚公移山精卫填海

我的字里有楚河划汉界
我的字里有鼎足魏蜀吴
我的字里长江长城万里长
我的字里看见昭君出塞依恋难舍
我的字里有寒风列队兵马俑嘶鸣
我的字里番邦胡骑朝贺华夏文明
我的字里有上下五千年秦汉盛唐

我的字里带走一盏渔火
我的字里回头一片沧海
我的字里拥抱永远乡愁
我的字里洒落烟雨把秋水望穿
我的字里人海浮沉相思比梦长
我的字里藏着寂寞笑看清风瘦
我的字里岁月悠悠思念也悠悠
我的字里太多无奈红尘来去一场梦
我的字里不管桑田沧海停泊枫桥边

我的字
象形宋隶楷柳新魏
我的字
堂堂正正不屈不挠

我的字

有流云翅膀下呼啸飞逝

汉字作为文化之根、文明之源，在诗人笔下，晕染着神话的神秘，也焕发着历史的光芒，更包含了朝代兴亡、个人情长，王晓波充分调动其纵横捭阖的想象力，以连绵不绝的典故将文字的内涵与外延——道尽；这些融古典诗词于一炉，将古典意象运用自如的诗作再现了古典抒情在现代性境遇下的美与力。

可贵的是，王晓波对于古典抒情并非一味沉溺其中，而是有所创新与发明。毕竟，古典抒情有着强大而惯性的传统，词语的择取、典故的呈现、诗意的安排都有着一套固定乃至僵化的程式，几千年的重复已经成为不断自我繁衍与复制的形态，再精美的诗作都有可能成为古典诗歌的一道幻影。正是介于对诗歌创作的警惕与现代性生存境遇的敏感，王晓波在缔造风流蕴藉的古典美感的同时，总是以反转的姿态于古典的光滑肌理上划以现代情绪的利刃，从而使得仿佛迷失于古典迷途中的诗作稳稳落脚于现代地平面，如《相信爱情》一诗，层叠出现的清词丽句不脱古典情诗的巢穴，爱而别离、求而不得，很容易让我们记忆起《诗经》的"在水一方""辗转反侧"、李商隐的"相见时难别亦难"，但是，诗人清醒地意识到不能在惯性的情感中滑行，因此，在倒数第三句，他喊出了充满力量与现代情绪的"相信"，决绝而重若千钧的"相信"二字不但是对当下情绪的肯定，亦是对前述古典情绪的内在否定，它以倒转的方式推翻了古典情绪的重重叠叠，以简洁而有力的方式宣告了现代情感的诞生。

曾几何时，在现代新诗的论述脉络中，认为经过口语化改造、白话文引入、欧化熏陶等杂合而成的现代汉语，构成了与古典汉语世界相分离的"场"，已是一种与文言文截然不同的语言，由此，古典诗词的典故抑或词句被视为老旧、落伍之物，似乎古语抑或古诗词中的语言始终与僵化、符号化等同，而对于诸多当代诗人而言，语言与意象的现代性追求成为唯一可能的方向。在这种倾向性的场域下，现代诗歌书写与古典抒情诗愈行愈远，然而，对传统的背弃也让中国新诗失去了文化血脉与独特的民族性，逐渐沦为日常生活碎片化的见证与西方他者的复制品。而王晓波对古典语言的淘洗与把握让我看到现代新诗与传统之间的有效勾连与充满生机的承续，他擅长对古语进行妥帖的变形、对古典诗境进行创造性的化用与创新，以柔和的方式在现代文学的借鉴与综合中融入古典元素，缔造了古意盎然又洋溢着现代情感的别具一格的抒情诗歌。

（杨汤琛，教授，硕士生导师，现供职于广东外语外贸大学中文学院，广东秦牧创作研究会副会长）

挥之不去的灵动与沉稳

——王晓波诗歌品读

铁 舞

南方有诗人，想到王晓波。

王晓波诗歌作品集，能够同时得到洛夫、非马、叶延滨、吴思敬、商震、刘荒田、霍俊明和杨庆祥等海内外"老、中、青"诗歌名家的共同阅读推荐，绝非偶然，这种"绽放"会是怎样的美丽？

我对晓波说：读一个人的诗集，我首先做一件事，即从头到尾浏览一遍，把我印象最深的作品先记下来。然后，我要确立再读一遍的理由。比如，这些诗歌与我正在思考的问题有什么样的联系。接着我会再读一遍，把对我有启迪的诗篇记下来，如果有电子文本的话，我会复制粘贴，另制一本诗选。接下来我就可以细品了，这个阅读过程好处有二：一是能确保一个人的阅读自尊；二是能解决我正在思考的问题。这样的阅读容易有收获。读王晓波的诗，我就是这样做的。

晓波将诗歌作品的电子版发给我时，我正在思考朱光潜在 1942 年 3 月写的《诗论》抗战版序中的一段话："当前，有两大问题须特别研究，一是固有的传统究竟有几分可以沿袭，一是外来的影响究竟有几分可以接受，这都是诗学者所应虚心探讨的。"这个问题好像没有过时，我同时在做"现代小品诗"的写作研究（我在学校里是做教学实验的），想努力拿出一点自己的见解。印象中王晓波的诗颇具南方人阴柔的一面，他的语言始终是清新"常绿"的，似乎很少受西方现代诗技巧的"污染"；即使是写城市生活的，那些语言也是质朴无华，没有任何一点晦涩。由于地域的原因，读他的诗我会联想到岭南园林的方池、高碉，以及和自然融合的青灰砖墙。在晦涩文字不可避免（一些情况下还是必要的）的今天，一个人如何守住自己心性中明亮的部分，即使在雾霾的天气里，也能保持诗歌气息的清新，这是值得学习的。

有了这两点，我就特别期许王晓波这本自选诗集能为我提供一些什么。先看一首《江南》，这首诗值得一品。理由是：第一，它很容易使我们联想到传统，谁都会联想起"江南可采莲，莲叶何田田"的美好。第二，它能引起我们进一步讨论，新诗如何能达到古诗那样精粹的地步，我们还有多少距离。这首诗语言很清新，抓住了江南"多荷""多莲""多蜻蜓""多蝴蝶""多燕子"的特征，巧妙地归到"风筝"，全诗以"伊"为线索，写出了一曲"江南恋"。不错，我很喜欢这首诗，没有这个"伊"字贯串，恐怕是失散了的珠子。但目前总体上还有些纷乱，就像一根琴弦发出的音符与琴弦长度存在比例关系一样，一首小诗意象的多少也应该有合适的比例。我和晓波是朋友，我这样去品评晓波的诗，确是有点苛刻，甚至不仁道，但我是用最高标准来要求晓波的。在新诗中能够写出与白居易《忆江南》媲美的诗，还没见到过。不过今人总要有点追慕先人的心情才好。我愿晓波能走在这条道上。

以此要求，我们再看一首《我叫你梅或者荷》，这首诗就没有意象纷乱的感觉，但这首诗很使我想起郭沫若《瓶》里的一些诗（有时我们要超过前辈诗人真的很难）。我想起我的老师说过，好诗有两种：一种是天籁，一种是顺乎自然又独出心裁加工的作品。有时候我想，要是好不了，干脆写得"坏"一点也是一个办法，至少有自己的特点，只要经验是真切的。像《我叫你梅或者荷》这样的经验别人也是有的，要写别人没有的。《一条咳嗽的鱼》就可能是别人没有的。在这首诗里，大部分诗句平朴，但"一条咳嗽的鱼""出门佩戴口罩"这样的句子起了非常"坏"的作用，这就是独出心裁的表现。在别人都写得很好的时候，你就要写得坏一些。作者写鱼，其实不是写鱼，是写人，那真是一条可怜的美人鱼，作者把它安置在《我叫你梅或者荷》的后面，读者要是把它读成一首爱情诗，那真是一首"坏"到极点的爱情诗了。当然，你也可以把它读成一首写雾霾的环保诗，那就少了一点意趣。继承传统是一个双重概念，它可以悬在空中，也可以真正落地实践、讨论，求进步。这就是我要就王晓波的具体诗作展开讨论的原因，也是我借着本文提出现代小品诗歌创作这一设想的原因。空喊继承，如何继承，看不见，摸不着，有什么用？我的意见是必须具体诗歌具体分析，讲继承，创作者就应该从每首诗开始。

为什么在这里要提出一个"现代小品诗"的概念？这是一个艺术概念，它强调的是作品的艺术性，一首诗如何才能成为艺术？中国古诗为什么那么讲究形式规范，就是为了确保艺术性。新诗不同，它首先确保自由，一首诗一个形式，形式的意味全靠自己来保证。我现在提出"小品"的概念，一是要"小"，二是要经得起"品"。"小"者取"麻雀虽小，五脏俱全"的"小"的含义，要小而全。

在我读过的新诗中，小品诗有三类：一类是物事型具有雕塑感的，一类是事物中不寻常关系发现型的，还有一类是空灵飞动精灵型的，形制都须小。具有雕塑感的诗，必具鲜明立体的形象，闭上眼挥之不去，如臧克家的《老马》、徐志摩的《沙扬娜拉——赠日本女郎》、张烨的《求乞的女孩，阳光跪在你面前》、非马的《醉汉》。这类诗颇多，可以作为我们学习的榜样。在王晓波这本诗集里也有这样的诗，如前所举的《一条咳嗽的鱼》就是，一看题目就不会忘。还有一首诗《夜读鲁迅》。作者用情感在雕塑，这首诗如果在篇幅上处理成十四行，注意诗体的外形，以及内在文脉的起承转合，就非常好了。

第二类小品诗是发现型的，就是朱光潜说的"突然见到事物中不寻常的关系，而加以惊赞"，诗人洛夫的《金龙禅寺》即是。王晓波的短诗《菩萨》也是一例：最早在微信圈里读到这首诗时，我就感觉到这首诗的特别之处，母亲、念珠、菩萨，这三者之间突然被发现的关系，作者由此而惊赞，不同于其他诗篇的单纯想象，这是建立于写实基础上的个别性的经验，没有过多的联想和抒情，在写母亲和菩萨这类题材的诗歌中，这一首是发现型的。

当然，诗就是诗，不必要有所指。这就是小品中的第三类：空灵型。灵视，灵动，小品诗可以做到。如《南方》：

> 一群鱼啄着月光迤迤然游过
> 大海数次沉下去，又跃了
> 起来。一些话语被潮水卷起
> 一海面的悲伤和喜悦

这也许是一首未被人过多关注的小品诗歌。和《江南》一诗比较，这首《南方》的意象十分单纯，而且四句诗的起承转合很完整。写南方可以写树，写蝴蝶，写燕子……这首诗写鱼，写海，写"一些话语被潮水卷起"（转得出奇）、"一海面的悲伤和喜悦"（合得出乎人意料），意味深永。这四行诗让人想起中国古诗中的绝句。中国的传统诗有两大特点：一是短小精巧，二是融入大自然。新诗中的绝句，空灵类的小品，现代山水诗人孔孚当首屈一指。他的山水灵音不该为人忘记。前辈在前，如何继承超越，是个问题。再看王晓波的一首《东篱》：

> 将南山归来满口袋的蝉鸣
> 挂在东篱。游离万物之外
> 朝阳晚霞满窗，风雨一生短
> 有谁的幸福值得采摘

这首诗写得别有意趣，我有个朋友读了连声叫绝："亏他写得出！"只是它使我太多地想到陶渊明了，怎么我们总是在先人的影子下面呢？再看一首《荡漾》：

蝴蝶翩然在尖尖小荷上
池塘一阵荡漾
没有风，没有水流
分明听见池塘的心跳

颤动了小荷，生动了水面的
盈盈是一种
爱意，荡漾

也算得是一首写生小品，荡漾的是爱意，比起《东篱》来，有所异想，奇思不够，"将南山归来满口袋的蝉鸣/挂在东篱"，这是十足的奇思，少有人想得出。这里我故意将王晓波自己的诗作比较，我想，这就是品读。若要和孔孚的《峨眉的风》比："吹三千灵窍/善写狂草//摸一下佛头/就跑"，区别在哪里呢？有的诗具有灵视和灵动的品格，有一首《天空中拥挤的游鱼》可以和前面列举的《一条咳嗽的鱼》比较阅读，这两首都跳出了山水，却是灵视灵动的，要是放置在孔孚诗的后面，可以说是一个发展，只是篇幅都长了一点，用简、用无不够。

朱光潜说过："我以为中国文学只有诗可以同西方抗衡，它的范围固然狭窄，它的精练深永却往往非西方诗所可及。"他说的是旧体诗，怎样把新诗也写得像古诗那样"精练深永"呢？且借王晓波的诗做例子，新诗要是也能做到"精练深永"，那也一定是非西方诗所可及了，晓波和我们该做如何的努力呢？

晓波的诗歌选，它不是专为我提出小品诗做出证明的。遍览王晓波近年写的诗，我看到了他的努力，他不是一个天马行空的才气型诗人，而是一个扎扎实实下功夫写诗的人，他的诗犹如南拳，架子小，阴柔中有巧劲，大多适合报刊所用，利于普及。

　　我从小品诗角度推介晓波的诗，是因为我觉得凭他的那份忍耐，他是可以在现代小品诗上做足功夫的。小品诗是一个文体概念，我之所以特别强调这一点，是因为我看到王晓波近年来不断在诗体上突破，除了我列举的小品诗之外，他还尝试了"小说诗"这个文体，这个文体是值得尝试的。在文体理论上我们也需要深入研究，我们知道有过诗体小说、长篇叙事诗，"小说诗"的概念是否和"散文诗"的概念理解起来差不多呢？它的落脚点是"诗"，而不是小说，它具有小说的元素，它又为什么需要借助小说的元素呢？"诗体小说"，它的落脚点是"小说"，它借助诗的形式。文体的创造是最高的创造，所以我才在这儿饶舌。

　　我还注意到，整整有一卷是以城市为背景写乡愁的城市诗。在生态环境变化下的诗意表现以及诗体的变化，证明他不断地在探索，这是十分可喜的。当我们思考他整本诗集中的现代性的时候，自然会想到朱光潜之另一问："外来的影响究竟有几分可以接受？"当年朱光潜指出中国诗歌的路有三条：一条是西方诗的路；一条是中国旧诗的路；还有一条，是流行民间诗歌的路。朱光潜说，其中第一条路的可能性最大。它可以教会我们一种新鲜的感触人情物态的方法，可以指示我们变化多端的技巧，可以教会我们尽量发挥语言的潜能。城市生活很可能使得各种理想中美轮美奂的诗体胀破，因为生活是"坏"的，诗不可能不"坏"。这样说来，我说的小品诗，就是一条窄路了。

　　对照一下，王晓波走在哪一条路上，走得怎么样，这是　个悬念。

　　煞有其事，不放不弃

用竹篮打水。人生
如那盛水的缸，何时饱满
或者是一列渐行渐远的火车

——《悬念》

不是吗？也许我们只能做出王晓波《艺术品》一诗里的感叹：

时光如染　如雕刻
…………
我们都是岁月的艺术品

（铁舞，原名朱铁武，上海作家，城市诗人重要代表，独立批评人）